In der Reihe „GZSZ TV-Roman" sind bisher erschienen:

Anna Leoni

Flo, wo bist du?

Band 33

Die Deutsche Bibliothek – CIP-Einheitsaufnahme

Ein Titeldatensatz für diese Publikation ist bei der Deutschen Bibliothek erhältlich.

*Dieses Buch wurde auf chlorfreiem,
umweltfreundlich hergestelltem
Papier gedruckt.*

In neuer Rechtschreibung.

© 2002 by Dino entertainment AG,
Rotebühlstraße 87, 70178 Stuttgart
Alle Rechte vorbehalten
© RTL Television 2002. Vermarktet durch RTL Enterprises.
© Grundy UFA TV Produktions GmbH 2002
Das Buch wurde auf Grundlage der RTL-Serie „Gute Zeiten,
schlechte Zeiten" verfasst. Mit freundlicher Genehmigung von RTL
Redaktion: Claudia Weber
Redaktionelle Mitarbeit: Nicola Schick
Lektorat: Judith Wenk
Fotos: Rolf Baumgartner
Grafische Gestaltung: TAB Werbung, Stuttgart
Satz: Greiner & Reichel, Köln
Druck: GGP Media, Pößneck
ISBN: 3-89748-475-7

Dino entertainment AG im Internet: www.dinoAG.de
Bücher – Magazine – Comics

Reise mit Hindernissen

Der Flug nach Mauretanien war anstrengender, als Flo gedacht hatte, und der Abschied von Martin war ihr auch nicht leicht gefallen. Zwar sollte die Trennung nur drei Tage dauern, trotzdem vermisste sie ihn bereits jetzt. Am Flughafen war er so traurig gewesen, dass es ihr fast das Herz gebrochen hatte, ihn alleine zurückzulassen. Flo liebte ihn sehr und freute sich schon auf sein Gesicht, wenn sie ihn mit einer Hochzeit bei den Beduinen überraschen würde. Das Ganze war zwar ziemlich verrückt, aber sicherlich würde es wunderschön werden. Martin würde die Idee bestimmt genauso gut gefallen wie ihr. Dann würden sie endlich Mann und Frau sein. Flo konnte es kaum noch erwarten.

Doch auch auf die Arbeit freute sie sich. Eine Bildstrecke für „Landscape International" – davon hatte sie schon immer geträumt. Und Mauretanien war ein aufregendes Land, in dem es unglaublich viel zu entdecken gab. Flo brannte vor Entdeckerfreude. Das Leben der Beduinen in der Wüste war eine echte Herausforderung – und sie hatte die große Ehre, diese Menschen besuchen und hautnah bei der Bewältigung ihres Alltags begleiten zu dürfen. Dabei würde sie sie fotografieren. So einen spannenden Auftrag hatte sie schon lange nicht mehr gehabt.

Dabei hatte es am Anfang so ausgesehen, als stünde ihre Reise unter keinem guten Stern. Wieder einmal war Sonja an allem schuld gewesen. Schon immer hatte sie versucht, Martin und Flo auseinander zu bringen. Denn sie war krankhaft eifersüchtig und hatte Angst, Martin zu verlieren. Offenbar merkte Sonja gar nicht, dass sie Martin mit ihren gemeinen Aktionen nur noch mehr in Flos Arme trieb. Jedenfalls wollte Martin nichts mehr mit seiner Schwester zu tun haben und auch Flo hatte sich vorgenommen, Sonja in Zukunft links liegen zu lassen.

Als Sonja gehört hatte, dass Martin Flo nach Mauretanien begleiten wollte, war sie völlig ausgerastet. Er sei ein schlechter Bruder, der sie im Stich lasse und einfach aus seinem Leben streiche. Darüber konnte Flo nur den Kopf schütteln, denn so etwas war ganz und gar nicht Martins Art. Sie kannte keinen Menschen, der so verantwortungsvoll und zuverlässig war wie er. Tatsächlich war er so geduldig gewesen und hatte beruhigend auf Sonja eingeredet, während er den Koffer für die Reise packte.

Aber für Sonjas Nerven waren seine Pläne offenbar zu viel des Guten gewesen; sie hatte einen perfiden Plan ausgeheckt, der dann tatsächlich dazu führte, dass Martin und Flo doch nicht zusammen fliegen konnten: Martin hatte Ticket und Reisepass in die Seitentasche seines Koffers gesteckt. Als er kurz aus dem Zimmer ging, um noch etwas aus dem Wohnzimmer zu holen, nutzte Sonja die günstige Gelegenheit und schnappte sich den Pass. Martin merkte nichts davon. Er packte noch ein paar Sachen ein, verabschiedete sich dann kühl von seiner Schwester und machte sich auf den Weg zu Flo. Gemeinsam wollten sie am nächsten Morgen zum Flughafen fahren. Sonja versuchte zwar noch, ihn am Ärmel seines Pullovers fest zu halten, aber er machte sich mit Nachdruck frei und ging. Trotzdem blieb Sonja noch ein Trumpf: Ohne seinen Pass konnte Martin nicht fliegen. Sonja kramte ihn hervor, ging in die Küche und hielt ihr Feuerzeug an das Dokument. Nach wenigen Sekunden fing der Pass Feuer. Sonja war sehr zufrieden mit ihrem Werk und rieb sich die Hände … Doch an eines dachte Sonja nicht – daran, dass an so einem Pass eine Menge Kunststoff war. So schmorte das Dokument in einem Aschenbecher stinkend vor sich hin. Sonja achtete nicht weiter darauf, denn sie ahnte nicht, dass noch etwas ganz und gar nicht nach ihrem Plan lief.

Bereits im Fahrstuhl auf dem Weg zur Straße merkte Martin, dass er seinen Pass nicht dabei hatte. Er machte auf dem Absatz kehrt und kam zurück in die Wohnung. Als Sonja das Geräusch der Liftklingel hörte, schrak sie zusammen. Sie ahnte, was das zu bedeuten hatte und warf den qualmenden Pass hastig in den Mülleimer.

Als Martin die Wohnung betrat, machte er sich sofort auf die Suche nach seinem Dokument. Er hatte natürlich keine Ahnung, dass Sonja hinter der ganzen Sache steckte, aber es dauerte nicht lange und sein Blick fiel auf den qualmenden Mülleimer. Eilig füllte er einen Topf mit Wasser und kippte den Inhalt in den Eimer. Es zischte und eine gewaltige Qualmwolke schlug ihm entgegen. Martin rümpfte die Nase – der Inhalt des Eimers stank wirklich bestialisch. Vorsichtig zog er die angeschmorten Reste seines Reisepasses heraus und starrte Sonja fassungslos an. Nun wurde ihm einiges klar …

Martin würdigte Sonja keines Blickes mehr, nahm seinen Pass mit – oder zumindest das, was davon übrig geblieben war, und ging dann so schnell wie möglich zu Flo. Als er ihr das übel riechende Etwas gezeigt hatte, reagierte die zunächst sprachlos – und dann sehr traurig. Würde das denn niemals aufhören? Würde Sonja niemals akzeptieren, dass sie und Martin zusammengehörten und auch zusammenbleiben würden – egal, was für miese Tricks sie auch anwendete? Martin versuchte sofort, einen Ersatzpass zu bekommen – beim Bundesgrenzschutz war das in Notfällen schnell möglich. Doch leider gab es da ein Problem, das Martin nicht bedacht hatte. Er war ja vorbestraft und konnte deshalb nicht ohne weiteres einen neuen Pass ausgestellt bekommen. Es würde ein paar Tage dauern.

Flo schaute Xenia, die als Einzige in ihre Heiratspläne eingeweiht war, vielsagend an. Dieser Sonja war wirklich nicht mehr zu helfen. Aber was bedeutete die Tatsache, dass sie mit aller Macht versuchte, die gemeinsame Reise zu verhindern? Wusste sie, dass Flo eine Hochzeit in Mauretanien plante? Ganz auszuschließen war das nicht. Vielleicht hatte Sonja ein Fax vom Standesamt gelesen.

So schade es auch war, Martin würde nun erst Tage später nachkommen können. Hauptsache, er war bis zur Hochzeit da! Und *die* würde Sonja auf keinen Fall verhindern. Denn in Nordafrika konnte die eifersüchtige Schwester ihnen mit ihren Intrigen nichts mehr anhaben, das hoffte Flo jedenfalls inständig. Sie seufzte in Gedanken daran. Wenn Sonja nicht gewesen wäre, hätten sie jetzt gemeinsam die ersten Eindrücke in dem exotischen Land aufgesogen … Manchmal hasste sie Sonja fast für ihre kranken Aktionen. Doch Flo hatte sich fest vorgenommen, sich nicht mehr über sie aufzuregen. Sonja tat ihr Leid. Sie war neidisch auf Flos Glück, das war alles.

Jetzt wollte sie ihre Gedanken nicht länger an Sonja verschwenden. Dazu war es hier viel zu schön! Flo war in Mauretanien – das große Abenteuer konnte endlich beginnen.

Ein schlimmer Traum

Martin fiel es unendlich schwer, Flo einfach durch die Zollschranke am Flughafen gehen zu sehen. Mauretanien war schließlich unglaublich weit weg. Ein sehr faszinierendes, aber zweifellos auch sehr fremdes Land. Flo hatte den Fotojob dort unbedingt machen wollen. Sie hatte vor Aufregung geglüht, als sie ihm davon erzählt hatte. Aber Martin machte sich Sorgen. So viel konnte passieren, wenn man sich nicht auskannte mit den Sitten und Gebräuchen.

Doch er würde Flo nicht lange dort alleine lassen. Da konnte sich Sonja noch so fiese Tricks einfallen lassen, um ihn und seine kleine Prinzessin auseinander zu bringen. Es würde nicht funktionieren, denn er und Flo, sie beide gehörten einfach zusammen. Dennoch hatte Sonja es geschafft, zu verhindern, dass sie beide zusammen nach Mauretanien fliegen konnten. In ihrer völlig kranken Eifersucht hatte sie einfach durchgedreht und seinen Pass verbrannt. Wie konnte man nur auf eine so verrückte Idee kommen? Martin verstand das noch immer nicht. Aber es war auch egal. Lange genug hatte er versucht, seine Schwester und ihre ständigen, völlig unberechtigten Angriffe gegen Flo zu verstehen. Er hatte die Nase gestrichen voll von ihren Intrigen. Wieso begriff sie nicht, dass das alles völlig sinnlos war? Niemals würde sie Flo und ihn trennen können. Sonja war eindeutig zu weit gegangen. Er wollte nichts mehr mit ihr zu tun haben. Zwar liebte er seine Schwester, aber sie tat gut daran, ihm in der nächsten Zeit nicht unter die Augen zu treten. Wie hatte sie ihm das antun können? Sie wusste genau, wie sehr er Flo liebte. Wieso musste Sonja sie so hassen? Martin schüttelte den Kopf und seufzte unglücklich. Wie auch immer: Flo war die Liebe seines Lebens – und daran würde nichts und niemand etwas ändern können!

Es fiel Martin in diesen Tagen schwer, sich auf seine Arbeit zu konzentrieren, weil er mit seinen Gedanken die ganze Zeit bei Flo war. Hoffentlich war alles in Ordnung mit ihr. Da war dieser Traum, den er vor ihrer Abreise gehabt hatte. Er war mitten in der Nacht davon aufgeschreckt und danach nicht mehr eingeschlafen. Kein Wunder, dass er jetzt so müde war. Martin gähnte. Seine Augenlider fühlten sich bleischwer an. Auch wenn er es versuchte – Martin konnte sich nicht länger gegen den heraufsteigenden Schlaf wehren. Er nickte in seinem Schreibtischsessel ein.

Wie durch einen magischen Sog wurde er in eine andere Welt gezogen – er träumte. Da waren fremde Geräusche, Stimmen, die er nicht verstehen konnte. Und dann sah er Flo! Bekleidet mit einem wehenden Gewand schritt sie durch die Wüste, um ihren Hals hatte sie einen pinkfarbenen Schal geschlungen.

Martin spürte, wie sein Herz pochte – er wollte schneller laufen, aber es ging nicht. „Warte doch auf mich, ich komme mit dir!", rief er ihr zu.

Tatsächlich schien Flo ihn zu hören, denn sie blickte sich zu ihm um und lächelte selig. Nur wenige Meter trennten

11

sie noch voneinander. Doch dann drehte sich Flo wieder von ihm weg und ging unbeirrt weiter, ganz so, als sei nichts geschehen.

Natürlich versuchte Martin ihr zu folgen, aber aus irgendeinem Grund schien er am Boden festzukleben. Er kam nicht einen Millimeter voran, konnte nur hilflos zusehen, wie der Abstand zwischen ihm und Flo immer größer wurde. „Nicht weggehen. Bitte!" Er streckte flehend die Hand nach ihr aus, wollte sie an ihrem Gewand fassen und fest halten – doch seine Hand griff ins Leere.

Noch ein letztes Mal wendete sich Flo zu ihm um, ohne jedoch stehen zu bleiben. Entschlossen ging sie weiter. Der Schal, der bisher locker um ihren Hals gehangen hatte, löste sich und wurde von einem Lufthauch davongetragen. Er landete direkt vor Martins Füßen. Flo hatte offenbar nichts davon bemerkt, sie schien völlig entrückt zu sein – in einer anderen Welt, zu der er keinen Zugang hatte.

Martin hob den Schal auf und blickte Flo verzweifelt nach. „Warum tust du das? Bleibe stehen, Flo!" Martins Stimme war nur noch ein leises Flehen. Doch seine Freundin reagierte nicht mehr. Sie entschwebte zusehends, dann war sie plötzlich ganz verschwunden.

Als er die Augen aufschlug, wusste er für einen Moment nicht, wo er war. Sein Kopf schmerzte. Es war wieder derselbe Traum gewesen! „Flo!", murmelte er verstört. Gerade eben noch hatte er das Gefühl gehabt, dass sie ihm ganz nah war. Martin brauchte einen Moment, bis er sich wieder gefasst hatte. Er öffnete eine Schublade seines Schreibtischs und tastete hinein. Es dauerte nicht lange und er fand, was er gesucht hatte. Vorsichtig zog er Flos pinkfarbenen Schal hervor und starrte ihn lange gedankenverloren an. Er wusste noch genau, wie es gewesen war, als sie ihn gekauft hatte. Sie beide waren schon am Flughafen gewesen, es war kurz vor Flos Abflug, da hatte sie einen Verkaufsstand entdeckt, der ihr Interesse weckte. Die Schals, die dort angeboten wurden, gefielen ihr ausgesprochen gut und sie konnte noch etwas als Schutz gegen die Sonne gebrauchen. Sie hatte ein paar von ihnen eingehender betrachtet, bis ihr Blick auf den pinkfarbenen Schal fiel, der es ihr sofort angetan hatte. Sie hatte ihn angelegt und Martin gefragt, wie er ihm gefalle. Martin war nicht gerade begeistert gewesen. Er allein wusste, warum dieser Schal bei ihm ein unbehagliches Gefühl weckte. Doch er wollte sie nicht mit unguten Ahnungen belasten. Deshalb riet er Flo zu einem anderen. Zu spät – sie hatte sich bereits entschieden und hörte ihm gar nicht mehr richtig zu. Martin hatte sich ein bisschen gewundert, aber nichts mehr gesagt. So kurz vor ihrer Abreise wollte er sich auf keinen Fall wegen einer Kleinigkeit mit ihr streiten. Aber das Unbehagen, das er beim Anblick des Schals empfand, war geblieben. Dann ging Flo durch die Zollschranke. Sie winkte Martin zu, er schickte ihr einen Kuss durch die Luft nach. In dem Moment, als sie sich endgültig umwandte um weiter zu gehen, glitt der Schal zu Boden. Martin stürzte hin, hob ihn auf und rief Flo hinterher, das Stückchen Stoff in der Hand. Doch sie war bereits zu weit weg, um ihn zu hören.

Nach diesem Erlebnis hatte die Unruhe ihn nicht mehr losgelassen. Viele Stunden später, als sie bereits angekommen sein musste, versuchte Martin, Flo im Hotel anzurufen. Jedes Mal ging ein Hotelangestellter an den Apparat, der kaum ein Wort Französisch, geschweige denn Englisch sprach. Dann brach die Verbindung ganz zusammen. Genervt knallte Martin den Hörer auf die Gabel.

Als es an seiner Tür klopfte, zuckte er erschrocken zusammen, dann seufzte er resigniert. „Ja, bitte. Herein!"

Xenia trat ein und lächelte entschuldigend, denn sie wusste, dass Martin bis zum Hals in Arbeit steckte. Sie merkte sofort, dass er etwas auf dem Herzen hatte. „Hallo, was ist? Alles in Ordnung?" Sie musterte ihn besorgt. So abweisend und kurz angebunden kannte sie ihn sonst gar nicht.

Martin schüttelte unglücklich den Kopf. „Flo müsste schon längst angekommen sein. Aber ich erreiche sie nicht. Weder im Hotel noch über Handy."

Xenia versuchte ihn aufzumuntern. „So lange ist sie ja noch nicht unterwegs."

Sie verstand nicht, warum Martin so schwarz sah. Es gab sicher eine ganz einfache Erklärung für alles. „Wahrscheinlich hatte ihr Flieger beim Umsteigen in Frankfurt Verspätung." Martin durfte sich nicht so hängen lassen, damit half er weder sich selbst noch Flo in irgendeiner Weise. Und schließlich würden sich die beiden doch in ein paar Tagen schon wieder sehen. Bei aller Verliebtheit – das ging nun wirklich zu weit, dass er kaum noch arbeiten konnte, wenn Flo gerade mal ein paar Stunden weg war. Wo sollte das denn hinführen?

Doch Martin wirkte ganz und gar nicht beruhigt. „Vielleicht." Er überlegte kurz, ob er Xenia die Wahrheit sagen sollte, dann gab er sich einen Ruck und entschloss sich, es zu tun. Schließlich wusste er, dass er ihr vertrauen konnte. Sie würde sich nicht über ihn lustig machen – auch wenn sich die ganze Geschichte zugegebenermaßen ziemlich komisch anhörte. Er räusperte sich verlegen. „Ich hatte wieder diesen Traum, wie sie in der Wüste verschwindet."

Xenia kam nicht dazu, etwas darauf zu erwidern, denn in diesem Augenblick klingelte das Telefon. Hastig hob Martin ab. „Wiebe." Seine Stimme zitterte – in banger Erwartung.

„Rate mal, wer hier ist."

Martin schloss einen Moment lang die Augen und atmete tief durch. „Flo!" Er hätte schreien können vor Erleichterung, aber er beherrschte sich. Schließlich musste seine kleine Prinzessin nicht merken, in welch schlechter Verfassung er war.

Und Flo wirkte tatsächlich recht vergnügt. „Volltreffer. Ich bin gerade im Hotel eingetrudelt."

„Erzähl, wie geht es dir?" Es war so schön, ihre Stimme hören zu können. „Ich habe mir schon Sorgen gemacht", fügte er leise hinzu.

Xenia lächelte. „Schönen Gruß." Wie nicht anders zu erwarten, hatte sich Martin also umsonst verrückt gemacht. Sie gab ihm ein Zeichen und verließ sein Büro. Es war besser, wenn er ungestört mit Flo telefonieren konnte. Er hatte ihr sicher ein paar Dinge zu sagen, die nicht für fremde Ohren bestimmt waren.

Martin nickte kurz und konzentrierte sich dann wieder ganz auf sein Gespräch mit Flo.

Die schien voller Tatendrang zu sein. „Die Fahrt vom Flughafen hierher zur Oase war ziemlich heftig. Aber gleich steht schon der erste Flug über die Wüste an. Wir wollen die Motivlage sichten." Die Worte sprudelten nur so aus Flo heraus.

„Es ist schön, dass du anrufst. Du kannst dir nicht vorstellen, wie sehr ich dich vermisse." Martin seufzte sehnsüchtig.

Flo lachte. „Frag mich mal." Dann war die Leitung für einen Moment unterbrochen und sie konnte nur noch ein fernes Rauschen und Knacken hören. „Martin?" Das Rauschen war wieder verschwunden. Flo atmete erleichtert auf. „Das ist die Verbindung. Es war super schwer, überhaupt nach Deutschland durchzukommen."

„Das macht nichts. Bald habe ich meine neuen Papiere, dann bin ich bei dir."

„Beeile dich. Es ist einfach traumhaft hier. Ich muss jetzt Schluss machen. Das Flugzeug wartet." Sie machte eine kurze Pause und hauchte einen zärtliche Kuss in den Hörer. „Ich liebe dich, vergiss das nicht."

„Ich dich auch. Bis bald." Es klickte in der Leitung und Flo hatte aufgelegt. Martin hielt den Hörer noch immer umklammert – ganz so, als könne er so die Verbindung zu Flo, ihre Nähe, noch ein bisschen länger fest halten. Ganz langsam ließ er den Hörer sinken und lege ihn dann vorsichtig auf die Gabel.

Ein bisschen unter Menschen zu gehen, konnte nicht schaden. Und etwas Ablenkung würde ihn vielleicht auf andere Gedanken bringen. Martin war entschlossen, sich von dem Alptraum, den er gehabt hatte, nicht tyrannisieren zu lassen. Alles war in Ordnung, er hatte in der letzten Zeit wahrscheinlich einfach nur zu viel Stress gehabt. Als Peter ihn gefragt hatte, ob er nicht Lust hätte, mit ihm ins „Daniels" zu gehen, hatte er deshalb sofort eingewilligt.

Sie setzten sich an die Bar und bestellten etwas zu trinken. Peter war sichtlich bedrückt. Das war kein Wunder, denn bei ihm lief es im Moment wirklich alles andere als gut. Er hatte keinen Job, kein Geld und keine Freundin mehr. Eigentlich konnte es nur noch besser werden. Natürlich freute er sich für Martin und Flo, dass es zwischen den beiden so gut lief, aber ein ganz kleines bisschen neidisch war er auch. Aber wenn er an diesem Abend etwas *nicht* wollte, dann war es Trübsal blasen.

Die beiden Freunde unterhielten sich gerade angeregt über das bevorstehende Weihnachtsfest und wer mit welchen Geschenken bedacht werden sollte, als die Tür aufging und Marie und Sonja das „Daniels" betraten. Die beiden schienen bester Laune zu sein.

Martin verdrehte genervt die Augen. „Die hat mir gerade noch gefehlt." Zu allem Überfluss steuerten Sonja und Marie schnurstracks auf Martin und Peter zu. Die Begrüßung fiel ausgesprochen einsilbig aus. Martins Ton war eisig.

Sonja fühlte sich sichtlich unwohl in ihrer Haut. Sie warf ihrem Bruder einen bittenden Blick zu, denn seine Ablehnung schmerzte sie. Seit ihrem Wutausbruch hatte sie ein schlechtes Gewissen. Sie hätte Martins Pass nicht verbrennen sollen, keine Frage. Aber immerhin hatte sie so erreicht, was sie wollte – zumindest ein Teilerfolg war es ja, dass er jetzt noch hier saß, und nicht mit Flo irgendwo in Mauretanien unterwegs war. Dass er sie nun allerdings mit so viel Kälte strafte, ertrug sie nur schwer.

Martin warf ihr einen abfälligen Blick zu und drehte ihr dann demonstrativ den Rücken zu. Peter bemerkte Martins

Verhalten und wunderte sich – so unfreundlich und kühl kannte er seinen Freund sonst gar nicht.

Sonja blickte deprimiert zu Boden. Dann gab sie sich einen Ruck, hakte Marie unter und zog sie mit sich nach draußen. „Komm, lass uns woanders hingehen." Hier waren sie offensichtlich nicht willkommen.

Marie wusste gar nicht, wie ihr geschah, so überrumpelt fühlte sie sich, aber sie hatte keine Einwände. Wenn Sonja es so eilig hatte, hier wieder zu verschwinden – bitte schön, an ihr sollte es nicht liegen.

Zwischen Peter und Martin herrschte einen Moment lang betretenes Schweigen. Martin starrte düster vor sich hin und machte nicht den Eindruck, als ob er sein Verhalten kommentieren wollte.

Unruhig rutschte Peter auf seinem Stuhl hin und her, denn er fühlte sich sichtlich unbehaglich. „So sauer habe ich dich ja noch nie erlebt. Deine Schwester muss dir ziemlich übel mitgespielt haben."

Martin nickte, seine Stimme klang bitter, als er zu sprechen begann. „Sie hat meinen Pass verbrannt, damit ich nicht mit Flo nach Mauretanien fliegen kann."

Ungläubig schüttelte Peter den Kopf. „Das ist ja das Allerletzte!" Er traute Sonja eine Menge zu, aber dass sie so weit gehen würde, das hätte er nicht gedacht.

Jetzt, wo es erst einmal heraus war, tat es Martin gut, über die Sache zu reden. Er fühlte sich erleichtert, endlich mal sein Herz ausschütten zu können. Und Peter war ein guter Zuhörer, das wusste Martin. „Andauernd versucht sie meine Beziehung zu torpedieren. Ihretwegen ist Flo jetzt alleine – irgendwo in Nordafrika."

Peter konnte es immer noch nicht fassen. Natürlich versuchte er Martin zu trösten, so gut es eben ging, schließlich regte der sich ohnehin schon genug auf – und das aus gutem Grund. „In ein paar Tagen bist du doch bei ihr." Er grinste und zwinkerte Martin aufmunternd zu. „Oder hast du Angst, dass sie bis dahin mit einem glutäugigen Beduinen durchgebrannt ist?"

„Nein, aber ich habe ein ungutes Gefühl." Martin überlegte einen Augenblick. Sollte er Peter erzählen, was ihn so bedrückte? Es fiel ihm nicht leicht, doch schweren Herzens sprang er schließlich über seinen Schatten. Erst zögernd, dann immer sprudelnder berichtete er von seinem Traum und davon, dass er seither das Gefühl nicht loswurde, dass etwas Schreckliches bevorstand. Etwas würde passieren! Es war nur eine Ahnung, die er an nichts festmachen konnte, aber sie ließ ihn keine Sekunde zur Ruhe kommen.

Über den Wolken

Der Mann, der Flo vom Flughafen abholte und zu ihrem Hotel brachte, war gleichzeitig auch ausgebildeter Pilot. Zwar konnte er nur kleine Maschinen fliegen, aber das reichte für Flos Zwecke vollkommen aus. Er hieß Johansen und schlug vor, mit ihr über die Wüste zu fliegen, damit sie sich aus der Luft schon einmal ein Bild von der atemberaubenden Landschaft machen konnte.

Natürlich stimmte Flo sofort zu. Sie wollte nur kurz ihre Sachen auf ihr Hotelzimmer bringen und sich ein bisschen frisch machen – dann konnte es losgehen.

Als Flo dann den Flieger sah, mit dem sie über die Wüste schweben sollten, wurde ihr doch ein bisschen mulmig zumute. Das war ja ein ziemlich reparaturbedürftiger Klapperkasten – aber vielleicht täuschte dieser erste Eindruck. Flo wollte nicht zimperlich erscheinen, gab sich einen Ruck und kletterte in das Flugzeug. Johansen selbst machte bei genauerem Hinschauen allerdings auch nicht den besten Eindruck. Er roch nach Whisky.

Flo schnallte sich an und schloss die Augen. Der Start lag ihr ein wenig im Magen, deshalb wollte sie erst wieder aus dem Fenster schauen, wenn sie in der Luft waren. Flo hörte, wie Johansen den Motor anwarf. Wenig später merkte sie, wie der Flieger abhob.

Als sie die Augen öffnete und nach draußen schaute, war sie tief beeindruckt. Die Bilder, die sie sich in Deutschland in diversen Büchern angeschaut hatte, gaben bei weitem nicht das wieder, was sich hier für ein Anblick bot. Es war einfach überwältigend. Schade, dass Martin das jetzt nicht mit ihr betrachten konnte. Aber wie hart musste es für die Menschen in dieser riesigen Wüste sein, in dieser kargen Landschaft unter dieser gnadenlosen Sonne zu überleben. Wie lächerlich erschienen im Vergleich dazu die Probleme, die in Deutschland den Alltag bestimmten.

Für einen Augenblick irrten Flos Gedanken ab. Wie lebte wohl ein Liebespaar bei den Beduinen, wie fanden sie zueinander und wie schafften sie es, dann auch zusammen zu bleiben? Angesichts dieser riesigen Fläche und der schier endlosen Weite, über die sie jetzt hinwegflog, erschien ihr dies beinahe unmöglich. Wieder fielen ihr Szenen aus Berlin ein …

Als sie Martin den Heiratsantrag gemacht hatte, da war das für sie ein sehr bedeutungsvoller Augenblick gewesen. Flo hatte Herzklopfen, obwohl sie eigentlich nicht befürchtete, dass er ablehnen würde. Dennoch plante sie den Abend von Anfang bis Ende minutiös. Zuerst rief sie Martin an und bat ihn, zu ihr nach Hause zu kommen – sie habe eine Überraschung für ihn vorbereitet.

Das ließ er sich nicht zweimal sagen. Sofort machte er sich auf den Weg zu Flo.

Die Zeit bis zu seiner Ankunft nutzte sie, um die Dias auszusuchen, die sie ihm vorführen wollte. Der Projektor war aufgestellt, die Leinwand hing und die Getränke waren kalt gestellt.

Zuerst gab Martin seiner Liebsten einen dicken Kuss auf

die Wange, als er ankam. Dann löschte Flo das Licht und die Diashow begann. Zuerst dachte Martin, das Ganze sollte ein Vorgeschmack auf die bevorstehende gemeinsame Reise werden und Flo ließ ihn in dem Glauben. Als ein Foto von einer mauretanischen Wüstenlandschaft erschien, strahlte er vor Vorfreude. „Wunderschön", sagte er begeistert. „Ich freue mich schon." Am liebsten hätte Flo ihn in diesem Moment in den Arm genommen und fest an sich gedrückt, doch sie beherrschte sich. Noch wollte sie nicht alles verraten. Verschmitzt lächelnd schob sie das nächste Dia in den Projektor – das Bild einer Oase in der Wüste. Doch dieses Dia hatte Flo überarbeitet. In großen wohlgeformten Buchstaben stand quer darüber: „Ich liebe dich!" Das hatte Flo mit einem goldenen Spezialstift auf das Foto geschrieben.

Martin war ganz gerührt. Liebevoll streichelte er ihr die Wange und sagte Flo, dass er sie auch liebte. Dabei drückte er ganz fest ihre Hand. Doch worum es ihr wirklich ging, das begriff er offenbar noch nicht. Es dauerte nicht mehr lange, bis ihm ein Licht aufging. Denn Flo legte schweigend und ziemlich aufgeregt das nächste Dia ein. Auf der Leinwand prangte jetzt nicht nur ein wunderschön romantisches Bild mit einem Sonnenuntergang, sondern auch der unübersehbare Schriftzug: „Willst du mich heiraten?" Da war natürlich alles klar. Gespannt sah Flo ihren Freund an, denn sie wollte seine Reaktion ganz genau beobachten. Der war einen Moment lang erst einmal völlig sprachlos, denn damit hatte er nun wirklich nicht gerechnet. Dann füllten sich seine Augen mit Tränen – Freudentränen. Mit dieser Aktion hatte Flo ihn völlig überrumpelt – aber das passte zu ihr. Er fragte zur Sicherheit noch einmal nach, ob das ein ernsthafter Heiratsantrag sei. Die Überraschung war Flo voll und ganz gelungen.

Jetzt, im Himmel über der Wüste, konnte sie sich noch genau daran erinnern, wie sie seine Hand genommen und ihm die Worte gesagt hatte, die sie sich extra für diese Gelegenheit überlegt hatte. „Ich liebe dich und ich möchte den Rest meines Lebens mit dir verbringen." Martin hatte sie um die Hüften gefasst und in die Luft gehoben. Dabei rief er immer wieder „Ja, ja, ja! Tausend mal ja!"

Dann hatten sie sich lange und hingebungsvoll geküsst. Es war fast so gewesen, als sei es das erste Mal. Und in gewisser Hinsicht war es das ja auch gewesen: ihr erster Kuss als Braut und Bräutigam. Martin sagte ihr immer wieder, dass er sie mit ihrem Antrag zum glücklichsten Mann der Welt machte. Und auch für Flo war es der schönste Augenblick in ihrem Leben.

Natürlich waren dann irgendwann auch Erinnerungen an Andy aufgetaucht. Flo machten sie sehr traurig, denn der Verlust schmerzte sie noch immer sehr. Andy war ihre erste große Liebe gewesen, sie beide hatten viel miteinander erlebt und waren durch Höhen und Tiefen gegangen. Flo war in dieser Beziehung gereift, hatte zu sich selbst und ihrem Weg durchs Leben gefunden. Lange glaubte sie, dass sie niemals wieder einen Mann so sehr lieben konnte, dass sie ihn heiraten würde. Doch dann war Martin in ihr Leben getreten – und alles war anders geworden. Ihre Liebe zu ihm war ganz anders als die zu Andy, aber nicht weniger tief und innig. Endlich hatte sie wieder einen Menschen, dem sie hundertprozentig vertraute und bei dem sie ganz sie selbst sein konnte.

Um das Einzigartige dieser Liebe klar zu machen, hatte

Flo beschlossen, die Hochzeit diesmal ganz anders zu gestalten als beim ersten Mal. Und so war ihr eben die Idee mit der Heirat in der Wüste gekommen – in einem Beduinenzelt wollte sie feiern, weit weg von allen Sorgen und Problemen, weit weg vom Alltag. Flo freute sich schon unendlich auf den großen Tag. Lange würde es ja auch nicht mehr dauern, dann war Martin endlich bei ihr. Er fehlte ihr so sehr!

Flo seufzte gedankenverloren, als sie plötzlich ein eigenartiges Geräusch vernahm. Sie konnte nicht genau sagen, wo es herkam, aber es klang ganz und gar nicht gut. Plötzlich war Flo hellwach. Von einer Sekunde auf die andere hatte sie keinen Blick mehr für die Schönheit der Wüste, die sie eben noch so ins Träumen gebracht hatte. Auch Johansen neben ihr war zusammengezuckt. Hektisch hantierte er an einigen Geräten herum, doch es wurde nicht besser – im Gegenteil, das Geräusch wurde immer lauter.

Nun bekam es Flo mit der Angst zu tun. Johansen fluchte und riss einen Hebel herum, aber er konnte nicht verhindern, dass das Flugzeug ins Straucheln geriet. Die Maschine schwankte hin und her und Johansen hatte offensichtlich die Kontrolle verloren. Flo erstarrte. Sie hatte das Gefühl, als gefriere ihr das Blut in den Adern. Das konnte doch alles nicht wahr sein! Das *durfte* nicht wahr sein! Alle ihre schönen Pläne! Was wurde daraus, wenn das Flugzeug jetzt abstürzte? Dieses Abenteuer sollte doch eine Reise in ihr Glück werden – wurde es nun zu einer Reise in den Tod?

Verzweifelt griff Flo nach dem Amulett, das um ihren Hals hing, ein Geschenk von Martin, ein Glücksbringer und Symbol ihrer Liebe. Sie hielt das Schmuckstück fest

24

umklammert und betete inständig, dass sie aus diesem Flugzeug noch einmal lebend herauskam. Wieder erfasste eine heftige Windbö das kleine Flugzeug und warf es hin und her. Offenbar nahm der Wind da draußen weiter zu. Flo konnte das nur erahnen, denn Johansen war alles andere als mitteilsam.

Brummend deutete er auf zwei Gegenstände, die in einer Ecke lagen und wie Rucksäcke aussahen. „Sie ziehen sich wohl besser einen dieser Fallschirme über, junge Frau. Wenn das so weiter geht, müssen wir abspringen."

Ungläubig starrte Flo ihn an. Sie brauchte einen Moment, bis sie das volle Ausmaß dessen begriff, was diese Worte bedeuteten. Ihr Leben hing buchstäblich an einem seidenen Faden. Wenn nicht noch ein Wunder geschah, dann würden sie abstürzen.

Flo blieb nicht viel Zeit, diesen Schock zu verarbeiten, denn Johansen machte bereits alle Anstalten, das Flugzeug zu verlassen. Er hatte sich einen Fallschirm umgehängt und nickte ihr noch einmal zu. „Tut mir Leid. Ein Unwetter – damit konnte niemand rechnen. Viel Glück." Dann öffnete er die Tür und war verschwunden.

Nackte Angst war alles, was Flo in diesem Moment empfand. Alles, was sie jetzt tat, machte sie rein automatisch, ohne groß darüber nachzudenken. Sie streifte den Fallschirm über, ging zur Tür und schloss die Augen. Sie sprach ein kurzes Stoßgebet – und sprang. Flo spürte, wie sie ins Bodenlose fiel, schneller und schneller. Sie merkte noch, wie sie die Reißleine zog, um den Schirm zu öffnen, dann gab es einen Ruck und ihr wurde schwarz vor Augen.

Schlechte Nachrichten

Er hatte sich fest vorgenommen, so zu tun, als sei alles in Ordnung und als gehe es ihm gut. Martin wollte nicht, dass seine Freunde anfingen, sich um ihn zu sorgen. Er hatte sich mit Xenia zum Frühstück verabredet und begrüßte sie deshalb an diesem Morgen betont fröhlich. „Hallo, ich habe frische Brötchen mitgebracht."

„Prima, der Kaffee ist auch gleich fertig." Xenia nickte kurz zur Küche hinüber, wo die Maschine stand, dann konzentrierte sie sich wieder darauf, den Bildschirmtext des Fernsehers zu studieren.

„Hast du zufällig Kopfschmerztabletten? Es ist gestern etwas später geworden." Genauer gesagt waren Peter und er die letzten Gäste im „Daniels" gewesen. Im Laufe der Stunden, die sie dort gesessen hatten, hatten sie sich so einige Bierchen gegönnt. So etwas rächte sich natürlich am nächsten Tag, besonders wenn man Alkohol nicht gewöhnt war.

„Im Küchenschrank." Xenia schien sich nicht weiter zu wundern. Sie schaute nicht einmal auf.

Martin ging zur Küche hinüber und begann in einigen Schubladen zu kramen. Es dauerte nicht lange und er fand die Tabletten. Martin nahm eine und goss sich ein Glas Wasser ein, dann räusperte er sich verlegen. „Hat Flo sich

26

inzwischen noch mal gemeldet?" Er gab sich Mühe, seine Stimme so beiläufig wie möglich klingen zu lassen.

„Nein, auf dem Anrufbeantworter war nichts. Sie ist bestimmt noch auf der Fototour."

Martin nickte zustimmend, glaubte aber nicht so recht daran. Es passte einfach nicht zu Flo, das sie sich nicht meldete. „Oder die Telefonverbindung funktioniert mal wieder nicht." Martin war inzwischen ins Wohnzimmer zurückgekehrt und setzte sich zu Xenia. Um sich abzulenken begann er mit der Fernbedienung zu spielen. Versehentlich stellte er dabei den Ton an und schaltete ein Fernsehprogramm ein. Dort lief gerade der Wetterbericht. Zuerst wollte Martin direkt wieder wegschalten, doch dann wurde er hellhörig: Ein Satellitenbild von Nordafrika war auf dem Bildschirm zu sehen. Die Stimme des Nachrichtensprechers drang wie durch einen dichten Nebel an sein Ohr. „Über Nordafrika hat sich ein Sturmtief gebildet. Der Tiefausläufer zieht langsam nach Norden und führt zu weiteren heftigen Unwettern." Martin fühlte, wie er erstarrte. Genau dort war Flo jetzt gerade, alleine und schutzlos. Und sie hatte erzählt, dass sie dort herumfliegen wollte, um die besten Motive auszusuchen … Martin hatte das Gefühl, als lege sich eine eisige Hand um sein Herz und drücke langsam, aber sicher, zu. Er hatte Angst. Nicht um sich, aber um Flo. Jetzt war er sicher, dass sie in Gefahr war.

Ohne zu zögern griff Martin zum Telefonhörer und wählte die Nummer des Hotels, in dem Flo abgestiegen war. Was sonst konnte er aus dieser Entfernung schon tun? Doch er hatte kein Glück. Erst klingelte es kurz, dann war die Leitung tot. Seine Unruhe wuchs.

Xenia beobachtete ihn sorgenvoll. Es war nicht gut, dass

sich Martin so in seine Sorge um Flo hineinsteigerte. Wahrscheinlich machte er sich völlig grundlos verrückt. Flo war schließlich eine selbständige Frau, die sehr gut auf sich aufpassen konnte. Xenia versuchte, Martin zu beruhigen. „Flo meldet sich bestimmt, sobald die Leitungen wieder funktionieren. Sie ist sicher in ihrem Hotel und wartet, bis der Sturm vorbei ist."

Doch Martin war nicht so leicht zu besänftigen. Er sprang auf und lief unruhig im Zimmer hin und her. Nervös krampfte er die Hände ineinander „Und was ist, wenn sie doch mit dem Flugzeug unterwegs ist?"

Darauf konnte Xenia ihm natürlich auch keine Antwort geben. Sie merkte, wie Martin allmählich begann, sie mit seiner Furcht anzustecken. Natürlich weigerte sie sich standhaft, das zuzugeben und versuchte Martin sogar noch Mut zu machen. „Keine Nachrichten sind gute Nachrichten. Es bringt nichts, wenn du hier in Panik verfällst."

Martin seufzte schwer und hob ratlos die Schultern. „Vielleicht mache ich mir ja wirklich zu viele Gedanken. Aber …" Er stockte und holte tief Luft. „Ich habe *noch mal* von ihr geträumt."

Xenia machte eine wegwerfende Handbewegung und lachte betont fröhlich. „So etwas ist nur ein Ausdruck dafür, dass du dich sorgst, und heißt nicht, dass Flo tatsächlich etwas passiert ist."

„Trotzdem, ich hätte sie nicht alleine fliegen lassen dürfen." Plötzlich hellte sich Martins Miene auf, denn ihm war eine Idee gekommen. Vielleicht würde es ihm so gelingen, Flo zu erreichen – oder zumindest etwas darüber zu erfahren, wie es ihr ging. Er zog ein Adressbuch aus der Hosentasche und blätterte aufgeregt darin herum. „Sie hat mir die

Anschrift und Telefonnummer von dem Piloten dagelassen. Vielleicht weiß er, wo sie steckt." Doch so sehr er auch suchte – Martin konnte den Zettel nicht finden. Das konnte nur eins bedeuten. „Mist, er muss noch im Büro liegen." Er griff nach seiner Jacke und stürzte davon, ohne sich zu verabschieden.

Xenia blickte ihm kopfschüttelnd hinterher. Sie nahm ihm seinen überstürzten Aufbruch nicht übel. In der Verfassung, in der er zurzeit war, musste man ihm vieles nachsehen. Hoffentlich meldete sich Flo bald, damit dieser Zirkus ein Ende hatte. Am Ende entwickelte Martin sich noch zu einem Nervenbündel.

In diesem Moment klingelte das Telefon. Xenia zuckte erschrocken zusammen. Sekundenlang starrte sie den Apparat ungläubig an, ohne reagieren zu können. Dann griff sie langsam zum Hörer, sie fasste ihn ganz vorsichtig an, fast so, als habe sie Angst, er könne jederzeit zerspringen. Dann meldete sie sich. „Di Montalban." Angespannt lauschte sie der Stimme am anderen Ende der Leitung. „Flo Spira? Ja, ich bin ihre Kusine." Während Xenia angespannt lauschte, wich ihr die Farbe aus dem Gesicht. Für einen Augenblick hatte sie das Gefühl, als beginne sich der Boden unter ihren Füßen zu drehen. Alles erschien ihr plötzlich vollkommen unwirklich. Ihre Augen weiteten sich und sie begann zu zittern. Dann legte sie auf, ohne noch ein Wort zu sagen, und schloss die Augen.

Als Martin in den „Fasan" gestürzt kam, stand Gerner am Tresen und trank einen Kaffee. Auch Sonja war da und frühstückte mit einem Kunden. Aber das war Martin im Moment egal. Das einzige, was ihn wirklich interessierte, war die Nummer von dem Piloten, mit dem Flo hatte fliegen sollen.

Gerner warf sich in Pose und stolzierte mit einem selbstgefälligen Grinsen auf ihn zu. Martin hatte ihn damit beauftragt, sich um die Formalitäten für den Pass zu kümmern – und er war natürlich erfolgreich gewesen. Um genau zu sein: Er hatte ganze Arbeit geleistet, denn es war schneller gegangen als zu erwarten gewesen war und Gerner beabsichtigte, sich nun die Lorbeeren dafür abzuholen. „Morgen, Herr Wiebe, ich habe gute Neuigkeiten für Sie."

Doch Martin reagierte nicht, ließ ihn stehen und ging schnurstracks nach hinten in sein Büro.

Gerner holte ein paar Mal tief Luft und schüttelte ungläubig den Kopf. Irritiert folgte er Martin ins Büro. Da konnte doch etwas nicht stimmen! Nun, er würde schon erfahren, was das war. „Herr Wiebe, ihr Pass ist fertig. Sie können ihn abholen."

„Prima. Danke." Martin hatte kaum hingehört.

Nun begann sich Gerner ernstliche Sorgen zu machen. „Was ist denn los? Sie sind ja völlig durcheinander!"

„Über Nordafrika tobt ein Sturm. Und Flo hat sich nicht mehr gemeldet, seit sie zum Fotografieren mit dem Flugzeug unterwegs war." Martins Stimme zitterte, Tränen schossen ihm in die Augen.

In diesem Moment wurde die Tür aufgerissen, Xenia trat ein, ihr Gesicht wirkte wie versteinert. Ihr Blick war starr und sie rang ganz offensichtlich um Fassung.

Martin sah sie an und wusste sofort, was das bedeutete. Es *war* etwas passiert! Etwas mit Flo! Es musste etwas sehr Schlimmes sein! Tausend Gedanken schossen Martin gleichzeitig durch den Kopf, er hatte Angst, zu hören, was es war, aber er ertrug auch die Ungewissheit keinen Augenblick länger. „Was ist es?" Er flüsterte fast.

„Sie haben gerade angerufen." Xenia stockte. Sie brachte es nur schwer über die Lippen – die Worte, die sie selbst erst vor wenigen Minuten gehört hatte und noch gar nicht glauben konnte, nicht glauben wollte. „Flo – das Flugzeug … Sie ist verschollen!" Xenia schlug sich die Hände vors Gesicht und fing nun hemmungslos an zu weinen.

Auch aus Martins Zügen war jede Farbe gewichen. Entgeistert starrte er Xenia an. Er hatte es geahnt, er hatte gespürt, dass Flo Hilfe brauchte. Aber er hatte verzweifelt gehofft, dass das alles nur ein böser Traum war. Doch nun war es grausige Wirklichkeit. Er fühlte sich, als habe ihm gerade jemand das Herz herausgerissen. Es *durfte* einfach nicht wahr sein! Flo war verschollen! Aber vielleicht gab es ja doch noch Hoffnung, vielleicht war sie nicht tot. So musste es sein, denn ohne Flo konnte auch er nicht leben! Daran bestand für Martin nicht der geringste Zweifel.

Auch Gerner hatte die traurige Nachricht mitangehört, die Xenia zu überbringen hatte. Er wirkte sichtlich geschockt. Das breite Lächeln war von seinem Gesicht verschwunden.

Alles um ihn herum erschien Martin plötzlich unwirklich, er hatte das Gefühl, mitten in einem schrecklichen Alptraum zu stecken, aber aus irgendeinem Grund nicht mehr daraus aufwachen zu können. Er weigerte sich, das Schlimmste anzunehmen. Schließlich gab es auch in Mauretanien Radar und Flugsicherung. Ein Flugzeug konnte nicht einfach verschwinden, das war vollkommen unmöglich.

Xenia fasste sich mühsam und erzählte nun der Reihe nach. „Ich weiß nur, was die Redaktion von „Landscape International" mir gesagt hat. Flo und der Pilot sind in den frühen Morgenstunden gestartet. Zu einem Rundflug über Beduinenlager." Xenia stockte, denn sie merkte, dass ihr wieder die Tränen in die Augen stiegen. Nur mit Mühe gelang es ihr, weiterzusprechen. „Offenbar sind sie von einem Unwetter überrascht worden. Der Funkkontakt ist abgebrochen und konnte bis jetzt nicht wieder hergestellt werden. Auch vom Radar sind sie verschwunden."

„Ist das alles? Mehr haben sie nicht gesagt?" Martin blickte Xenia fast flehentlich an.

Doch sie zuckte nur bedauernd die Achseln. „Sobald es etwas Neues gibt, wollen sie sich wieder melden."

Martin schüttelte entschieden den Kopf. „Wer weiß, wie lange das dauert. Ich muss sofort mehr erfahren." Entschlossen drehte er sich um und stürmte in sein Büro. Fast hätte er Gerner und Xenia die Tür vor der Nase zugeschlagen. Die beiden waren ihm gefolgt, denn sie wollten ihn in dieser Situation auf keinen Fall allein lassen – so aufgelöst wie er war.

Eine kalte Dusche für Sonja

Auch Sonja hatte von ihrem Platz im „Fasan" aus bemerkt, dass irgendetwas nicht stimmte. Natürlich hatte sie ihren Bruder hereinkommen sehen und ihn dann aus den Augenwinkeln die ganze Zeit beobachtet. Er war im Moment nicht gut auf sie zu sprechen, das wusste sie – aber trotzdem würde sie es sich nicht nehmen lassen, sich über ihn zu informieren. Sie wollte *alles* wissen: Was er tat, was er unterließ und wie es ihm ging. Schließlich war er ihr Bruder. Früher oder später würde er ihr die Sache mit dem Pass sicher verzeihen. Obwohl Sonja, wenn sie ehrlich war, es gar nicht so sehr bereute, das Dokument verbrannt zu haben. Martin und Flo verbrachten sowieso schon viel zu viel Zeit miteinander. Wie hatte er nur sein Herz gerade an diese Frau verlieren können? Flo ging Sonja gewaltig auf die Nerven und sie hatte bisher schon einiges versucht, um die beiden auseinander zu bringen – bisher jedoch leider ohne jeden Erfolg. Ganz im Gegenteil, sie hatte fast den Eindruck als hätte das alles Martin und Flo nur noch enger zusammengeschweißt. Als sie dann auch noch erfahren hatte, dass die beiden heiraten wollten, hatte Sonja rot gesehen. Und auch jetzt schien es wieder einmal um Flo zu gehen, denn so aufgebracht hatte sie ihren Bruder selten gesehen. Sonja lächelte scheinheilig.

Vielleicht erledigte sich das Problem Flo ja doch noch von ganz alleine.

Verzweifelt klammerte sich Martin an die Hoffnung, dass Flo noch lebte. Vielleicht hatte sie ja gar nicht in dem Flieger gesessen. Vielleicht hatte sie ihre Pläne kurzfristig geändert und war von dem Flug zurückgetreten. Möglicherweise hatte sie wegen des Unwetters auch einen Jeep genommen. Alles war möglich. Es gab so viele Fragen!

Aber wenn Flo nicht geflogen war, dann musste sie eigentlich im Hotel zu erreichen sein. Martin wählte die Nummer, die er jetzt schon so oft eingegeben hatte, dass er sie auswendig kannte. Er hielt den Hörer ans Ohr und lauschte angespannt, dann verfinsterte sich seine Miene und er knallte ihn auf die Gabel zurück.

Xenia und Gerner blickten ihn fragend an.

Martin schüttelte den Kopf und ließ traurig die Schultern hängen. „Ich komme einfach nicht durch. Wahrscheinlich ist in Mauretanien das Telefonnetz zusammengebrochen." Dann zuckte er zusammen und drehte sich irritiert um. Die Tür zu seinem Büro war geöffnet worden, ohne dass jemand angeklopft hatte. Auch Gerner und Xenia schraken zusammen, denn ein solches Benehmen war im „Fasan" nicht üblich.

„Habe ich richtig verstanden, Flo wird vermisst?" Betont fröhlich betrat Sonja den Raum. Sie musste schon eine ganze Zeit lang an der Tür gelauscht haben. Herausfordernd blickte sie ihren Bruder an.

Martin war blass geworden und funkelte sie böse an. Sonja war nun wirklich der *letzte* Mensch, den er jetzt sehen wollte. Wegen ihr saß er hier herum und war nicht bei

Flo in Mauretanien. Vielleicht wäre die ganze Katastrophe gar nicht passiert, wenn er zusammen mit Flo abgereist wäre.

Als Xenia merkte, dass Martin hilflos nach Worten rang, fuhr sie Sonja unwirsch an. „Es hat Sie niemand hereingebeten!" Sie baute sich vor Sonja auf und wollte ihr damit signalisieren: Bis hierher und nicht weiter! Am liebsten hätte sie sie im hohen Bogen hinausgeworfen.

Doch Sonja ließ sich dadurch nicht beeindrucken. Wenn sie sich etwas in den Kopf gesetzt hatte, dann erreichte sie es auch. Und wenn sie etwas wissen wollte, dann erfuhr sie es. So einfach war das! Das würde auch Xenia noch begreifen.

Bei Martin lag die Sache leider anders und das hatte sie sich selbst zuzuschreiben. Er blickte durch Sonja hindurch, als sei sie unsichtbar und machte keinerlei Anstalten, ihr zu antworten. In diesem Fall musste sie wohl einen anderen Ton anschlagen – und auch das beherrschte sie natürlich perfekt. Für jede Situation fand sie die richtige Stimmlage, ihr Repertoire reichte vom schnurrenden Kätzchen bis zur fauchenden Tigerin. Dabei zog sie mühelos alle Register. „Martin, bitte rede mit mir. Ich möchte dir nur helfen." Sie schenkte ihm ihren unschuldigsten Augenaufschlag und blickte ihn fast flehend an. Das hatte bisher immer funktioniert.

Doch diesmal hatte sich Sonja gründlich verrechnet. Martins Gesicht schien versteinert und sie war sich nicht einmal sicher, ob ihre Worte überhaupt bis in sein Bewusstsein vorgedrungen waren. Er ignorierte sie total.

Sonja war geschockt. So kalt hatte er sie noch nie abblitzen lassen. Sie tobte innerlich – wie konnte er ihr so etwas antun – und noch dazu vor anderen Leuten. Das ging wirklich zu weit! An all dem war doch nur diese Flo schuld. Seit Martin sie kannte, hatte er sich wirklich sehr verändert – und was fast noch beunruhigender war: Sie selbst hatte deutlich an Einfluss über ihren Bruder verloren. Sonja war fest entschlossen, auf keinen Fall zu zeigen, wie getroffen sie war. Hocherhobenen Hauptes schritt sie aus dem Zimmer und knallte die Tür hinter sich zu.

Martin zuckte nicht einmal zusammen. Ihn beschäftigten ganz andere Dinge. Für die albernen Spielchen seiner Schwester hatte er jetzt keine Kraft übrig. „Es muss doch herauszufinden sein, was passiert ist." Flos Wohlergehen war im Moment das Einzige, was wirklich zählte.

Einen Moment lang herrschte betretenes Schweigen. Alle dachten angestrengt nach. Schließlich war es Gerner, der eine Idee hatte. Er klopfte Martin freundschaftlich auf die Schulter und nickte ihm aufmunternd zu. „Wenn es Ihnen nützt, bemühe ich meine Kontakte zum Auswärtigen Amt. Die können sich auch an die Deutsche Botschaft in Nuokchott wenden."

Dankbar drückte Martin seinen Arm. Das war ein wirklich nettes Angebot. Aber egal, was Gerner auf diese Weise vielleicht in Erfahrung bringen konnte, es würde ihm nicht ausreichen! Hier hielt ihn nichts mehr. Keinen einzigen Tag würde er hier noch verschwenden. Es war ein schlimmer Fehler gewesen, Flo alleine nach Mauretanien fliegen zu lassen. Noch heute würde er selbst auch dorthin reisen und alles nur Menschenmögliche unternehmen, um seine große Liebe wieder zu finden. Und wenn es nötig sein sollte, dann war er auch bereit, dafür sein eigenes Leben aufs Spiel zu setzten.

Die Nerven liegen blank

Martin konnte sich noch genau erinnern, wie sehr sich Flo gefreut hatte, als sie den Auftrag bekam. Das Schreiben war via Fax in ihre Wohnung geflattert und Xenia hatte es als erste gelesen. Sie war tief beeindruckt gewesen, als sie gesehen hatte, von wem es stammte. „Landscape International" war ein berühmtes Reise- und Kultur-Magazin. Wer dafür Fotos machen durfte, der hatte es wirklich geschafft! Xenia hielt Flo das Blatt Papier unter die Nase. Ihre Kusine starrte es ein paar Minuten ungläubig an, dann stieß sie einen Freudenschrei aus und begann in der Wohnung herumzutanzen. Das Ganze hörte sich super spannend an – eine Fotostrecke über Beduinen in Mauretanien, das war einfach großartig. Bilder für „Landscape International" zu machen war so etwas wie die Champions League für Fußballer.

Seit jenem Tag hatte Flo jeden Artikel, den sie über Mauretanien finden konnte, ausgeschnitten und gelesen. Sie kaufte Bücher und Bildbände und verbrachte Stunden damit, sie zu studieren. Sie wollte so viel wie möglich wissen über das Leben in diesem exotischen Land. Für die Menschen in der Wüste war jeder Tag ein harter Kampf ums Überleben. Flo war fasziniert von den Beduinen, ihrem Stolz und ihrer Stärke und brannte schon darauf, endlich mit ihnen reden zu können. Die Tage bis zur Abreise zählte sie ständig und lag dem geduldigen Martin täglich damit in den Ohren. Flo hatte ihm in langen Gesprächen erklärt, dass man als guter Fotograf eine Beziehung zu den Menschen aufbauen musste, nur dann würden die Fotos wirklich gut werden. Sie war davon überzeugt, dass sie von den Beduinen sehr viel lernen konnte. Dieser Job war nicht nur eine tolle Chance für ihre Karriere, er war auch eine echte Herausforderung – und die wollte Flo so gut wie möglich bestehen.

Mitte Dezember sollte es losgehen. Wenn alles klar ging würden sie und Martin Weihnachten in der Wüste feiern! Flo hatte ihn sofort gefragt, ob er bereit war, sie zu begleiten, denn ohne ihn würde ihr die Sachen nicht einmal halb so viel Spaß machen. Martin war gerührt gewesen. Natürlich hatte er zugestimmt. Niemals würde er sie bei so einem Auftrag alleine lassen. Sie konnte sich auf ihn verlassen. Flo hatte ihn geküsst und ihm ins Ohr geflüstert, sie wolle schließlich die vielen Eindrücke und Erlebnisse dort mit jemandem teilen, mit einem Menschen, dem sie hundertprozentig vertrauen könne und den sie liebe. Zärtlich hatte sie ihm über die Wange gestreichelt und ihm tief in die Augen geschaut. Sie konnte sich gar nicht vorstellen, ihn für mehrere Wochen allein zu lassen, denn zweifellos würde sie ihn unheimlich vermissen.

Martin hatte sich sehr für seine Freundin gefreut. Abgesehen davon war er bereit, ihr überall hin zu folgen – wenn es sein musste auch bis ans Ende der Welt.

Wenn er jetzt daran zurückdachte, spürte Martin einen schmerzhaften Stich in seinem Herzen. Hätte er damals auch nur geahnt, dass etwas Schlimmes passieren würde, er hätte alles daran gesetzt, ihr die Sache auszureden. Jetzt gab es nur eins: Er musste ihr folgen!

Leider erwies es sich als schwierig, ein Ticket nach Mauretanien zu bekommen. Infolge des Unwetters dort waren viele Flüge storniert worden – und die Maschinen, die noch an den Start gingen, waren restlos ausverkauft. Martin konnte nur erreichen, dass sein Name auf eine Warteliste gesetzt wurde. Aber die Frau am Ticketschalter machte Martin unmissverständlich klar, dass wohl kaum jemand von seinem Flug zurücktreten würde. Zum Glück hatte Xenia ihn zum Flughafen begleitet. Er hätte gar nicht gewusst, was er in dieser schweren Zeit ohne sie gemacht hätte. Und dabei ging es Xenia beinahe genauso schlecht wie ihm. Auch sie hing sehr an Flo und vermisste sie unheimlich. Am Schlimmsten waren die Sorgen, die quälenden Gedanken, die Ungewissheit. Es durfte einfach nicht sein, dass Flo vielleicht niemals mehr zu ihnen zurückkehrte. Der Gedanke war unerträglich.

Als klar war, dass sie am Flughafen nichts weiter ausrichten konnten, waren sie notgedrungen zurück in Xenias Wohnung gegangen. Dort fühlte sich Martin seiner Freundin immer noch ein bisschen näher als sonst, denn hier wohnte sie schließlich, hier waren alle ihre Sachen. Und in seine eigene Wohnung wollte er im Moment nun wirklich nicht zurück, denn dort würde er unweigerlich seiner Schwester über den Weg laufen. Von Flos Wohnung aus konnten sie wenigstens noch einmal versuchen, das Hotel zu erreichen, in dem sie eingecheckt hatte. Und vielleicht geschah ja auch ein Wunder und Flo selbst rief an …

Zwischen Hoffen und Bangen

Xenia und Martin saßen beide ziemlich benommen auf dem Sofa. Auch wenn sie es nicht wollten, schweifte ihr Blick doch unweigerlich immer wieder in Richtung Telefon. Sie hatten die Nachrichten eingeschaltet, in der vagen Hoffnung, wenigstens auf diesem Wege ein bisschen über die Situation in Mauretanien zu erfahren.

Als es an der Haustür klingelte, schraken sie zusammen, blickten sich fragend an. Wer konnte das sein?

Doch dann lächelte Xenia hoffnungsvoll. Sicher war das Gerner, der wahrscheinlich irgendetwas über seine Kontakte im Auswärtigen Amt hatte in Erfahrung bringen können. Xenia sprang auf und öffnete erwartungsvoll die Tür. Doch dann verfinsterte sich ihre Miene. Nicht Gerner stand dort – sondern Sonja Wiebe! Diese Frau war ja schwerer abzuschütteln als eine Klette! Hatte ihr die Szene im „Fasan" nicht gereicht? Wollte sie Martin jetzt auch noch zu Hause tyrannisieren? Das würde Xenia nicht zulassen! Der Arme litt so schon genug, da musste er sich nicht auch noch zu allem Überfluss mit der Person auseinandersetzen, die es ihm eingebrockt hatte, dass er hier so untätig herumsitzen musste. Sonja war schon immer gegen die Liebe zwischen Flo und ihrem Bruder gewesen – sie hatte nichts unversucht gelassen, um die beiden mit miesen Intrigen auseinander zu bringen. Natürlich hatte sie damit keinen Erfolg gehabt, denn die beiden liebten sich wirklich. Nun, wo Flo verschwunden war, kam sie an und benahm sich, als täte ihr die ganze Sache Leid. Xenia hätte Sonja am liebsten einmal richtig den Kopf gewaschen, aber dafür fehlte ihr im Moment die Energie. Die brauchte sie für andere, wichtigere Dinge. „Verschwinden Sie!"

Xenia wollte ihr die Tür vor der Nase zuknallen, doch damit hatte Sonja offenbar gerechnet. Blitzschnell warf sie sich dagegen und drückte mit Leibeskräften. Und als Xenia einen Moment lang ein wenig nachließ drängte sie sich an ihr vorbei in die Wohnung hinein. Xenia interessierte sie nicht – sie wollte nur mit Martin reden.

Natürlich hatte Martin den Tumult an der Tür mitgekriegt. Als er Sonja sah, die auf ihn zustürmte, verdrehte er genervt die Augen. Die hatte ihm gerade noch gefehlt! Aber noch bevor er etwas sagen konnte, begann Sonja auf ihn einzureden.

„Martin, bitte! Was passiert ist, tut mir wahnsinnig Leid. Das musst du mir glauben." Sie schluckte schwer. „So etwas habe ich Flo nie gewünscht."

Martin reagierte nicht, er tat als habe er nichts gehört und ignorierte Sonja vollkommen.

Um Xenias Beherrschung allerdings war es nun vollends geschehen. Sie war Sonja ins Wohnzimmer gefolgt und hatte jedes Wort mitangehört. Ihre Augen funkelten vor Zorn. „Sicher, sie wollten immer nur das Beste für meine Kusine!"

Der Sarkasmus in ihrer Stimme war nicht zu überhören – auch für Sonja nicht, doch sie würdigte Xenia keines Blickes. Stattdessen trat sie näher an Martin heran. „Ich weiß, wie schwer das alles ist und deshalb möchte ich für dich da sein." Vorsichtig legte sie ihre Hand auf seinen Arm.

Das war zu viel für Martin. Wie von der Tarantel gestochen fuhr er hoch und schrie seine Schwester an. „Wie kannst du es wagen, hierher zu kommen? *Deinetwegen* ist Flo alleine geflogen, weil *du* meinen Pass verbrannt hast!"

„Es tut mir Leid." Kleinlaut blickte Sonja zu Boden.

„Wäre ich bei ihr gewesen, hätte ich das Unglück verhindern können." Martin hatte sich richtig in Rage geredet. Seine ganze Anspannung, all seine Verzweiflung brachen sich jetzt Bahn. Drohend ging er auf Sonja zu. „Hau ab! Sofort!"

„Bitte, Martin, gib mir noch eine Chance. Lass mich versuchen, es wieder gut zu machen." Erschrocken wich Sonja zurück. So hatte sie ihren Bruder noch nie erlebt.

„Trete mir nie wieder unter die Augen." Martin hatte sie jetzt fast erreicht.

Sonja öffnete die Tür, doch bevor sie hinausging, drehte sie sich noch einmal um. „Wenn du mich brauchst, ich bin immer für dich da." Ihre Stimme war nur noch ein leises Flüstern.

„Raus!"

Er meinte es offensichtlich ernst. Als Sonja erkannte, dass Martin sich mit einem Satz auf sie stürzen wollte, drehte sie sich schnell um und hastete mit großen Schritten davon.

Martin bebte noch immer vor Zorn. Seine Schwester hatte schon zu oft bewiesen, dass sie vor nichts zurückschreckte, wenn es darum ging Flo und ihn auseinander zu bringen.

Er erinnerte sich nur zu gut daran, wie Sonja reagiert hatte, als sie erfuhr, dass Flo und er heiraten wollten. Kalt lächelnd hatte sie Flo erzählt, er sei schon einmal verheiratet gewesen. Das stimmte zwar, aber Martin hatte Flo bis zu diesem Zeitpunkt noch nichts davon erzählt, denn er selbst erinnerte sich nur ungern an diese Tatsache. Scheinheilig hatte Sonja behauptet, sie wolle nur rechtzeitig warnen, dass es bei einer Eheschließung von Seiten der Kirche Probleme geben könnte. Sie hatte Flo direkt in die Augen geblickt, als sie die Katze aus dem Sack ließ, denn sie lauerte auf ihre Reaktion. Sonja teilte ihnen mit, dass die katholische Kirche – und der gehörten sie nun einmal an – Scheidungen und eine zweite Heirat nicht akzeptierte. Zunächst hatte Flo natürlich gar nicht verstanden, wovon sie da überhaupt sprach, aber Martin wusste sofort, worauf sie hinaus wollte. Sonja war sich ihres Triumphs sehr sicher gewesen, sie wollte sehen, wie Flo bei dieser Nachricht zusammenbrach, wie sie zu weinen begann oder Martin Vorwürfe machte. Aber Flo tat nichts von alledem, wieder einmal reagierte sie völlig anders, als Sonja es sich gedacht hatte. Gelassen, souverän und äußerlich ruhig hatte sie behauptet, sie wisse natürlich längst Bescheid über Martins Ex-Frau. Damit hatte sie Sonja allen Wind aus den Segeln genommen.

Erst als Sonja dann verschwunden war, hatte sie ihn zur Rede gestellt. Und das war schließlich auch ihr gutes Recht. Was Flo am meisten verletzt hatte, war nicht mal die Tatsache, dass er ihr etwas aus seiner Vergangenheit verheimlicht hatte. Was sie ihm wirklich übel nahm, war, dass sie es von Sonja erfahren musste. Wenn Martin offen zu ihr gewesen wäre, hätte seine Schwester Flo nicht derart verletzen können. Durch ihre Unwissenheit hatte sie Sonja eine Angriffsfläche geliefert – und das war bei dieser Frau verhängnisvoll. Das hätte Martin wissen müssen.

Der hatte sich unendlich geschämt, sich viele Male entschuldigt und Flo um Verzeihung gebeten. So etwas sollte niemals wieder vorkommen, das hatten sie sich geschworen. Ab sofort wollten sie keine Geheimnisse mehr voreinander haben und sich immer alles sofort offen und ehrlich sagen. Daran hatten sie sich auch gehalten.

Jetzt lief Martin in der Wohnung herum wie ein Tier im Käfig. Es dauerte lange, bis er sich nach Sonjas unerfreulichem Besuch wieder beruhigt hatte. Das ständige Warten war lähmend. Die Zeit schien einfach nicht zu vergehen, alles spielte sich wie in Zeitlupe ab. Und das Gefühl, hilflos zu sein, nichts unternehmen zu können, lag wie ein schwerer Alpdruck auf ihnen. Xenia ging es da genauso wie ihm.

Martin hatte aus seinem Büro den Schal mitgenommen, der ihn unablässig an Flo erinnerte. Er musste ihn immer wieder anfassen. Hätte er wissen müssen, dass es ein Zeichen war, als er im Traum davongeflogen und direkt vor seinen Füßen gelandet war? War es eine Aufforderung gewesen einzuschreiten? Hätte er sie davon abhalten sollen, ohne ihn zu fliegen? Wenn er sie darum gebeten hätte, wäre Flo sicher geblieben. Bestimmt hätte sie mit der Abreise gewartet, bis er wieder einen gültigen Pass hatte. Möglicherweise aber hätte ihr das Probleme mit ihrem Job eingebracht – und das wollte Martin nicht. Hätte er ahnen müssen, dass die seltsame Szene am Flughafen nichts Gutes bedeutete – vielleicht eine Warnung gewesen war? Bis in seine Alpträume verfolgte dieser verflixte Schal ihn.

Martin war so in seine quälenden Gedanken vertieft,

dass er gar nicht bemerkte, dass es wieder an der Tür klingelte.

Xenia ging hin, in der bangen Befürchtung, es könne wieder Sonja sein. Als sie die Tür öffnete, atmete sie erleichtert auf, denn vor ihr stand Gerner. Erfreut bat sie ihn einzutreten.

Der Anwalt redete nicht lange drum herum, sondern kam sofort zur Sache. Er hatte sich ein wenig umgehört und dank seiner guten Kontakte hatte er tatsächlich etwas erfahren. „Flo war wirklich an Bord des Sportflugzeugs, aber das ist noch nicht alles." Er warf Martin einen besorgten Blick zu. „Der Pilot der verschwundenen Maschine ist wieder aufgetaucht – in einer Sanitätsstation im Landesinneren. Sein Flugzeug ist tatsächlich in diese Unwetterfront geraten und abgestürzt."

Martin stöhnte verzweifelt auf. Xenia stand wie erstarrt da und lauschte gebannt Gerners Worten.

„Aber der Mann ist sich sicher, dass auch Frau Spira rechtzeitig mit dem Fallschirm abspringen konnte. Sie hat vor ihm die Maschine verlassen."

Martin blickte ihn verständnislos an. „Und wo ist sie jetzt? Warum ist sie nicht auch auf dieser Sanitätsstation?"

Gerner zuckte hilflos die Schultern und schüttelte bedauernd den Kopf. „Leider wurde sie noch nicht gefunden."

Xenia und Martin wechselten einen Blick, dann hellten sich ihre Mienen auf. Sie hatten beide den gleichen Gedanken gehabt. Was Gerner ihnen da erzählte, konnte nur eines bedeuten: Flo lebte! Und das war doch schließlich das Allerwichtigste!

Auf und davon

In der mauretanischen Wüste waren bereits die ersten Suchtrupps unterwegs und durchkämmten das Gebiet, in dem Flo vermutet wurde. Das jedenfalls hatte Gerner erzählt. Martin spürte, wie er wieder Hoffnung schöpfte, langsam kehrte seine Energie zurück. Sein neuer Pass war fertig und er konnte sich endlich auf den Weg machen – auf den Weg zu seiner geliebten Flo. Er musste sich nur noch um Tickets kümmern, dann konnte es losgehen.

Xenia wollte ihn auf seiner Reise begleiten, auf keinen Fall lasse sie ihn alleine in die Wüste fahren, hatte sie gesagt. Natürlich war Martin froh über ihr liebes Angebot, denn vier Augen sehen schließlich mehr als zwei.

Immer noch war es schwierig, einen Flug nach Mauretanien zu bekommen, aber schließlich klappte es doch.

Peter war noch so nett gewesen, ihnen ein paar Sachen mitzugeben, die sie mit Sicherheit in der Wüste gut gebrauchen konnten: Wasserflaschen, Alugeschirr, ein Kompass und ein Zelt. Mit dieser Ausrüstung würden sie in Mauretanien sicherlich erst einmal zurecht kommen. Peter hatte sogar angeboten, sie auf ihren Trip in die Wüste zu begleiten, falls sie ihm ein Ticket spendieren konnten. Aber Martin hatte ihn nur fest umarmt und den Kopf geschüttelt. Es war besser, wenn nicht noch mehr Leute in die Sache hineingezogen wurden – und Peter konnte ihnen ebenso gut helfen, wenn er hier blieb und hin und wieder den Anrufbeantworter checkte, für den Fall, dass Flo sich meldete. Und vielleicht waren sie ja schon bald wieder zurück, zusammen mit Flo und konnten den ganzen schrecklichen Alptraum vergessen.

Der Flug dauerte lange. Jeder Platz in der Maschine war besetzt, es war eng und unbequem. Aber das nahmen Martin und Xenia gerne in Kauf. Was waren schon ein paar Unannehmlichkeiten im Vergleich zu dem, was Flo jetzt vielleicht erleiden musste. Alles lief reibungslos, Landung und Passkontrolle waren problemlos abgelaufen. Und nun standen sie endlich vor dem Hotel, in dem Flo abgestiegen war und in dem auch sie beide Zimmer reserviert hatten.

Müde und schwitzend stellten sie ihre Koffer ab und schauten sich suchend in der leeren Rezeption um. Weit und breit war kein Mensch zu sehen. Martin drückte die Klingel, die auf dem Tresen stand, doch die gab keinen Laut von sich. Xenia und Martin schauten sich ratlos an, doch dann hörten sie schlurfende Schritte, die langsam näher kamen. Ein braun gebrannter Mann mittleren Alters kam verschmitzt lächelnd auf sie zu. „Da können sie lange drücken. Die funktioniert schon seit Jahren nicht mehr." Er musterte seine beiden Gäste neugierig. „Sie sind bestimmt Herr Wiebe und Frau di Montalban."

Xenia atmete erleichtert auf. „Guten Morgen." Endlich schien nun ja doch noch alles gut zu werden.

Martin hingegen blieb reserviert. „Sind Sie nicht der Pilot?"

Der Mann nickte, er wurde sofort wieder ernst. „Johansen. Tut mir Leid, dass Ihre Freundin jetzt in Schwierigkeiten steckt." Er betrachtete Martin mit echtem Mitgefühl, dann räusperte er sich etwas verlegen. „Ich habe nur ein Zimmer reservieren lassen. Sie …" Er nickte Martin kurz zu. „Sie nehmen sicher das Zimmer von Frau Spira. Ihre Sachen sind auch alle noch da." Er reichte Martin den Schlüssel.

„Ist gut, danke." Martin ergriff den Schlüssel ohne zu zögern, trotzdem beschlich ihn ein beklommenes Gefühl. Daran hatte er nicht gedacht. Natürlich wollte er in Flos Zimmer schlafen, aber trotzdem hatte die Situation etwas Gespenstisches. Einerseits würden so viele Dinge um ihn herum sein, die ihn an Flo erinnerten, sie war dadurch für ihn vollkommen präsent und gegenwärtig. Da waren ihre Kleider und ein paar persönliche Dinge, von denen sie sich auch auf Reisen nicht trennte. Aber sie selbst war nicht da. Und schlimmer noch: Sie wussten nicht einmal, wo sie sich aufhielt, wie es ihr ging, ob sie in Gefahr war … Martin zwang sich, nicht länger darüber nachzudenken, doch es kostete ihn gewaltige Überwindung.

„Ich werde Ihnen natürlich bei der Suche helfen!" Johansen wirkte sehr beflissen. „Schließlich bin ich an der Sache auch nicht ganz unschuldig."

„Gut." Martin war einverstanden. „Wann können wir denn zu den Suchtrupps stoßen?"

Johansen wirkte beinahe amüsiert über Martins Ungeduld. Er reichte nun auch Xenia den Zimmerschlüssel. „Bringen Sie erst mal Ihre Sachen aufs Zimmer, danach besprechen wir alles weitere in Ruhe."

Eine gute halbe Stunde später kamen Martin und Xenia wieder hinunter ins Foyer. Als Johansen ihnen eine Tasse Kaffee anbot, willigten sie gerne ein, denn der Flug war doch anstrengender gewesen, als sie gedacht hatten.

„Erzählen Sie doch bitte mal etwas genauer, wie es zu dem Unfall gekommen ist." Martin wollte alles ganz genau wissen. So lange hatte er untätig herumsitzen müssen. Doch nun konnte er endlich mit einem Menschen sprechen, der alles am eigenen Leibe miterlebt hatte. Diese Chance würde er sich nicht entgehen lassen. Vielleicht fiel dem Mann ja etwas ein, was sie auf die Spur von Flo brachte.

Ein Schatten huschte über das Gesicht des Piloten, er fühlte sich sichtlich unwohl. Wollte ihm Herr Wiebe Vorwürfe machen – ihm vielleicht sogar die Schuld für diesen tragischen Unfall geben? „Als wir gestartet sind, war die Wetterlage noch passabel, so dass man fliegen konnte. Irgendwann wurde es dann allmählich ungemütlich."

„Warum sind Sie dann nicht umgedreht?" Martin musste sich sehr beherrschen, um Johansen nicht grob anzufahren. Der Mann konnte ja vielleicht nichts dafür, dass Flo nun vermisst wurde. Er hatte nicht in böser Absicht gehandelt – davon jedenfalls ging Martin aus.

Stockend berichtete Johansen. Äußerlich gab er zwar den harten Kerl, aber die Erinnerung an das Unwetter machte ihm offenbar noch gewaltig zu schaffen. „Wir waren schon auf dem Rückflug! Aber wie aus dem Nichts tobte um uns herum plötzlich der reinste Orkan. Ich wollte notlanden, aber dann hat der Blitz eingeschlagen und die Bordelektronik lahm gelegt. Da hieß es nur noch: Fallschirm anlegen und abspringen."

„Konnten Sie sehen, ob sich Flos Fallschirm geöffnet hat?" Martin krampfte nervös seine Hände ineinander. Jetzt gleich würde er die alles entscheidende Antwort bekommen.

„Hat er. Als ich meinen dann endlich umgezogen hatte, bin ich auch raus. Der wollte erst nicht richtig. Deshalb war ich nachher auch zu weit weg, um wieder zu ihrer Freundin zurückzulaufen." Der Pilot blickte bedauernd zwischen Xenia und Martin hin und her. Er hatte keine Lust auf Ärger – diese beiden sahen auch nicht so aus, als hätte er welchen von ihnen zu erwarten. „Ich bin zu Fuß in die nächste Oase marschiert. Am Sonnenstand konnte ich mir ungefähr ausrechnen, wo ich hin musste."

„Und haben Sie inzwischen rekonstruiert, wo Flo gelandet sein muss?" Endlich ein Funken Hoffnung, der Mann hörte sich ja ganz vernünftig an. Martin konnte es kaum erwarten, endlich mit der Suche zu beginnen.

„Anhand der Flugdaten haben wir ein Gebiet von ungefähr fünftausend Quadratkilometern ausgerechnet."

Ungläubig starrte Xenia den Mann an. „Geht das nicht etwas genauer?" Wenn sie dieses ganze riesige Gebiet absuchen mussten, dann würde die Suche ja ewig dauern. Und die Wahrscheinlichkeit, dass sie Flo tatsächlich finden würden, war trotzdem verschwindend gering.

Bedauernd schüttelte Johansen den Kopf. „Der Wind kann sie etliche Kilometer abgetrieben haben." Er machte ein kurze Pause und dachte nach. „Jedenfalls war der Suchtrupp bisher in drei Gruppen aufgeteilt. Mit uns sind es vier. Da müssten wir es in drei Tagen schaffen." Er gab sich einen Ruck und bemühte sich, Martin und Xenia, die ziemlich entgeistert wirkten, wieder neuen Mut zu machen.

„Vielleicht finden wir sie ja schon früher. Hoffentlich. Um diese Jahreszeit gibt es nur sehr wenige Wasserquellen."

Sie hatten keine Zeit zu verlieren – so viel war klar. Und die Aufgabe, die vor ihnen lag, war alles andere als einfach zu bewältigen. Wenn sie Flo wirklich finden wollten, dann brauchten sie nicht nur einen guten Führer durch die Wüste, sondern auch eine gewaltige Portion Glück.

Verpasste Chance

Sie brachen sofort auf. Johansen saß hinterm Steuer seines Jeeps. Xenia und Martin standen auf der Laderampe, hielten sich jeweils ein Fernglas vor die Augen und suchten die Landschaft bis zum Horizont ab. Stundenlang waren sie unterwegs und ihre Augen begannen allmählich zu schmerzen. Außerdem waren sie völlig durchgeschwitzt und am Ende ihrer Kräfte, als Johansen den Wagen anhielt und ausstieg.

Martin blickte ihn irritiert an. „Was ist? Warum fahren wir nicht weiter?"

„Kurze Pause. Ich muss in die Karte gucken. Trinken Sie was!" Johansen kramte eine Landkarte hervor, die schon reichlich mitgenommen aussah, und breitete sie auf der Motorhaube seines Wagens aus. Er legte den Kompass daneben und rechnete aus, wo sie sich gerade befanden, dann zeichnete er eine kleine schraffierte Fläche auf der Karte ein.

Xenia trank einen Schluck aus einer Wasserflasche, die Johansen neben sich auf den Boden gestellt hatte. Als sie sie an Martin weiterreichen wollte, winkte der ab. „Danke. Später wieder."

Xenia trat neben Johansen und blickte ihm neugierig über die Schulter.

„Also, wir müssten jetzt ungefähr hier sein." Er deutete auf einen Punkt in der schraffierte Fläche.

„Und das ist das Gelände, das wir bisher abgesucht haben?" Xenia traute ihren Augen nicht. Sie schluckte. Das war nicht gerade viel. Die Wüste war so viel größer als sie es sich ausgemalt hatte. Xenia war enttäuscht. Hatten sie überhaupt eine Chance, Flo lebend zu finden? Ihr kamen allmählich Zweifel.

Johansen schien ihre Gedanken erraten zu haben und er konnte ihr nicht gerade Mut machen. Wenn er ehrlich war, glaubte er nicht daran, dass die junge Frau lebend geborgen wurde. Dann musste sie jedenfalls viele Schutzengel haben. Er selbst beteiligte sich eigentlich nur an der Suche, damit nachher niemand versuchte, ihm noch eine Mitschuld anzuhängen. Ärger war etwas, was er bei seinen Geschäften ganz und gar nicht gebrauchen konnte. „Wenn sie losgegangen ist, hat sie hoffentlich den Fallschirm mitgenommen, um sich gegen die Sonne zu schützen – und nachts gegen die Kälte." Es war ein weit verbreiteter Irrtum, dass in der Wüste die Gefahr in erster Linie von der Sonne ausging.

Martin hatte dem Gespräch der beiden gar nicht zugehört. Wie gebannt starrte er durch sein Fernglas. So sehr er sich auch bemühte, er konnte einfach nichts entdecken, was auch nur im Entferntesten auf Flo hindeutete. Es war besser, wenn sie zügig weiterfuhren. Hier an diesem Ort sollten sie keine weitere Zeit vergeuden. Seine Unruhe wuchs. Ungehalten drehte er sich zu den beiden anderen um. Für Schwätzchen war nun wirklich nicht die Zeit.

Ganz anders erging es Xenia. Sie wollte am liebsten gar nicht mehr weiterfahren. Vielleicht war es die Wirkung der Sonne auf ihr Gehirn oder vielleicht auch nur die Müdigkeit. Aber Xenia hatte aus irgendeinem unerklärlichen Grund das Gefühl, Flo an diesem Ort ganz nah zu sein. Ebenso wenig wie die anderen konnte sie keine Spur eines menschlichen Lebewesens in ihrer Nähe entdecken. Trotzdem war dieses Gefühl da. Es war nur eine Ahnung, sie konnte nicht sagen, woher sie kam, aber sie war da, deutlich und eindringlich. Xenias Blick fiel auf einen Steinhaufen ganz in ihrer Nähe. An und für sich war nichts Auffälliges an ihm, trotzdem fühlte sich Xenia magisch von ihm angezogen. „Sollten wir nicht mal kurz nachsehen, was dahinter kommt?" Fragend, fast bittend blickte sie von Martin zu Johansen und deutete auf den Steinhaufen.

Martin winkte ungeduldig ab. Er wollte weiter. Vor ihnen lag noch eine riesige Fläche, die sie nach Flo durchsuchen mussten. Und hier war nichts, rein gar nichts zu entdecken, das darauf hindeutete, dass Flo hier gewesen war. Sie vertrödelten nur ihre Zeit.

Auch Johansen schüttelte den Kopf. „Dann hätten wir schon hinter hundert anderen Steinen nachsehen müssen." Er deutete in die entgegengesetzte Richtung. „Unser Suchgebiet liegt auf dieser Seite. Und damit haben wir wirklich schon genug zu tun." Wenn diese beiden jetzt auch noch anfingen, Sonderwünsche anzumelden, dann konnte das Ganze ja noch lustig werden. Nicht mit ihm! Er ließ sich von zwei solchen Greenhorns nicht auf der Nase herumtanzen. Er war schließlich derjenige, der sich in der Wüste auskannte, er musste den Wagen fahren. Deshalb würde auch er es sein, der bestimmte, wo es lang ging.

Dem hatte Xenia nichts entgegenzusetzen. Natürlich hatte Johansen Recht, wahrscheinlich spielten ihr einfach ihre

Nerven einen Streich. Sie beschloss, lieber den Mund zu halten, und stieg wieder auf die Ladefläche des Jeeps. Aber das merkwürdige Gefühl blieb. Verstohlen blickte sich Xenia noch einmal zu dem Steinhaufen um. Was wollte er ihr sagen – oder litt sie einfach unter einem Sonnenstich?

Johansen packte seine Karte zusammen und kletterte hinters Steuer. Mit quietschenden Reifen fuhr er an. Die Fahrt ging weiter. Der Jeep wirbelte eine riesige Sandwolke auf.

Keiner der drei Menschen in dem Wagen bemerkte deshalb, wie hinter dem Steinhaufen langsam ein Fallschirm aufstieg. Er kam nur knapp nach oben, dann sank er wieder zum Boden hinab. Es war nur ein kurzer Augenblick gewesen, in dem er sichtbar war. Der Wind hatte ihn aufgeweht. Ein einzelner Fallschirm in der beinahe endlosen Weite der Wüste, die Spur eines Menschen, der gnadenlos brennenden Sonne ausgesetzt, ein stummer Schrei.

Rettung in letzter Sekunde

In einen Busch verhakt flatterte der Fallschirm im Wind. Er hob sich etwas in die Luft, doch dann wurde er wieder zu Boden gezogen, durch das Gewicht eines reglosen Bündels, das fast vollständig mit Sand bedeckt war.

Ein Beduinenpaar, Selim und Siali, ritt in einiger Entfernung an dem Steinhaufen vorbei, hinter dem der Fallschirm gerade wieder verschwand. Die beiden waren auf dem Weg zu ihrem Lager, als dieser seltsame Anblick ihre Aufmerksamkeit erregte. Sie konnten zunächst nicht sagen, was es war. Aber es gehörte ganz eindeutig nicht hierher in die Wüste.

Mit einem kurzen Blick verständigten sie sich und ritten zu dem Steinhaufen. Zunächst sahen sie nur den Fallschirm. Dann auch den Menschen, der noch in dessen Stricken verfangen war. Eine junge Frau – sie rührte sich nicht, offenbar war sie nicht bei Bewusstsein.

Selim fasste nach ihrer Hand und sprach auf arabisch laut auf sie ein.

Die Frau öffnete die Augen, jedoch nur kurz, ihr Blick war matt. Mit geschwollener, trockener Zunge fuhr sie sich über die aufgeplatzten Lippen, sie versuchte etwas zu sagen, doch es gelang ihr nicht, denn sie fiel sofort wieder in Ohnmacht.

Unruhig wälzte sie sich auf dem Boden hin und her, immer wieder wurde sie von grauenhaften Alpträumen aufgeschreckt, im Fieberwahn erlitt sie ein quälendes Delirium. Nichts von dem, was um sie herum tatsächlich geschah, bemerkte Flo. Sie spürte nicht, wie ihr mit einem feuchten Tuch sanft die Stirn abgetupft wurde. Sie fühlte nicht Sialis besorgten Blick auf sich ruhen. Die Beduinenfrau hatte Flos Kopf vorsichtig auf ihren Schoss gebettet. Aus einer Wunde an der Stirn sickerte Blut. Immer wieder strich Siali Flo beruhigend über die Wangen und fühlte regelmäßig ihre Temperatur, um festzustellen, ob ihr Fieber endlich gesunken war. Ohne Zweifel: Wenn das Mädchen noch länger alleine hier gelegen hätte – sie wäre gestorben. Jetzt hatten sie beide sie zwar gefunden, doch Siali war unsicher, ob sie eine Überlebenschance hatte. Das Mädchen war sehr schwach, das Fieber hoch. Es musste unbedingt raus aus der Sonne, an einen geschützten Ort. Siali nickte Selim kurz zu. Er war bereits dabei, Flos Fallschirm zusammenzubinden und auf den Rücken seines Pferdes zu schnüren. Gemeinsam beschlossen sie, das Mädchen mit in ihr Lager zu nehmen und es dort zu pflegen, so gut es eben ging. Vielleicht hatten sie Glück und sie kam wieder zu Kräften.

Mit einem Trinkschlauch flößten sie ihr ein paar Schluck Wasser ein – das würde sie brauchen, um den Weg bis zum Lager zu überstehen. Selim hob Flo vorsichtig hoch, so dass Siali unter ihr hinweg schlüpfen konnte. Dann stieg sie auf ihr Pferd. Mit vereinten Kräften gelang es ihnen, Flo vor Siali auf das Pferd zu setzen. Die junge Frau stöhnte zwar einmal laut auf, aber sie wehrte sich nicht. Sie lehnte sich mit dem Rücken gegen Siali, die einen Arm um Flos

Hüfte gelegt hatte und sie festhielt. So würde das Mädchen nicht hinunterfallen. Mit der anderen Hand hielt Siali die Zügel des Pferdes fest. Langsam setzte sich der kleine Tross in Bewegung – vor ihnen lag ein beschwerlicher Weg.

Die Hoffnung geht zuletzt

Seit Stunden fuhren sie nun schon durch die Wüste. Die Hitze wurde zunehmend unerträglich und noch immer hatten sie nicht die geringste Spur von Flo entdeckt. Martin war am Ende seiner Kräfte, seine Nerven lagen blank.

Auch Xenia verließ zusehends der Mut. Erschöpft hielt sie sich eine Wasserflasche an den Mund und trank. Wie sollte es Flo in dieser unerbittlichen Sonne ohne Wasser und ohne Essen aushalten? Vielleicht lag sie irgendwo dort draußen in dieser endlosen Weite und konnte sich nicht bewegen, war vielleicht schwer verletzt. Wenn nicht ein Wunder geschah und Flo gefunden wurde, dann bedeutete das den sicheren Tod für sie. Das Schlimmste war das Gefühl der Ohnmacht. Als Martin und sie sich von Deutschland aus auf den Weg nach Mauretanien gemacht hatten, waren sie so voller Hoffnung und Zuversicht gewesen. Wo ein Wille ist, da ist auch ein Weg, hatten sie gedacht. Aber seit sie hier waren, in dieser Wüste, die einfach endlos zu sein schien, machte sich Verzweiflung in ihnen breit – nach und nach, wie ein schleichendes Gift. Xenia blickte sorgenvoll zu Martin hinüber. Er hatte sich verändert seit sie in Mauretanien angekommen waren, seine Gesichtszüge waren hart und angespannt, er wirkte deutlich älter als er eigentlich war. „Martin?" Xenia hielt ihm die Wasserflasche hin und nickte ihm aufmunternd zu.

Doch Martin starrte sie nur geistesabwesend an – es dauerte einen Augenblick, bis er begriff was sie eigentlich von ihm wollte. „Nein. Nicht jetzt."

Johansen hatte wieder einmal beschlossen, einen kurzen Stopp einzulegen, um einen Blick auf die Karte zu werfen. Er war bisher eher wortkarg gewesen und hatte sich die meiste Zeit mit seinen Karten beschäftigt. Jetzt wurde er hellhörig und warf Martin einen missbilligenden Blick zu. „Trinken Sie!" Sein Ton war barsch, er duldete keinen Widerspruch.

„Ich will aber nicht", erwiderte Martin trotzig.

„Wenn Sie wegen eines Hitzschlags umkippen, helfen Sie Ihrer Freundin auch nicht weiter."

Martin zuckte die Achsel, griff wortlos nach der Wasserflasche und trank. Es war sinnlos, sich mit Johansen anzulegen, er kannte sich in der Wüste aus wie kein anderer. Sie waren auf seine Hilfe angewiesen, das war auch Martin klar. Er trat näher an Johansen heran, der sich wieder in eine seiner Karten vertieft hatte, und blickte ihm neugierig über die Schulter. „Wo sind wir?"

„Westlich dieses Gebirgszuges. Als nächstes können wir östlich ins Gebirge fahren oder uns im Westen der Ebene zuwenden."

Martin schnappte nach Luft. Einen Augenblick sah es so aus, als wolle er auf Johansen losgehen, doch dann beherrschte er sich. „Was? Wir haben ja erst einen Bruchteil des in Frage kommenden Gebiets geschafft!"

„Alles in allem kommen wir gut voran." Johansen wirkte völlig unbeeindruckt. „Immerhin sind wir bis jetzt von einem Sandsturm verschont geblieben. Das ist doch schon mal etwas."

Martin musste sich sehr zusammennehmen, um den Mann nicht anzuschreien. „Wir sind viel zu langsam! Bei dem Tempo ist Flo längst verdurstet, bis wir sie finden." Verzweifelte krampften sich seine Hände um das Fernglas, das um seinen Hals hing.

„Es geht aber nicht schneller." In aller Ruhe faltete Johansen seine Karte zusammen. Ihn schien die ganze Suche ziemlich kalt zu lassen.

„Flo ist seit zwei Tagen verschollen." Verzweifelt kämpfte Martin gegen die aufsteigenden Tränen an. Die Hoffnungslosigkeit ihres Unterfangens wurde ihm mit gnadenloser Deutlichkeit klar. Doch wenn es etwas nützte, würde er auch vor Johansen auf die Knie fallen, damit die Suche schneller vonstatten ging. „Sie hat ziemlich sicher kein Trinkwasser bei sich. Vielleicht ist sie verletzt!" Seine Stimme war nur noch ein verzweifeltes Flehen.

Xenia konnte nicht länger mit ansehen, wie sehr Martin litt. „Vielleicht haben die anderen Suchtrupps sie schon gefunden." Auch wenn sie selbst nicht so recht an diese Möglichkeit glaubte, versuchte sie ihren Freund zu trösten.

„Gut, fragen wir sie." Johansen war sofort einverstanden und ging zu seinem Funkgerät. Er drehte an einigen Reglern und hielt es dann ganz dicht vor den Mund. „Hier Trupp vier, Johansen." Er lauschte angestrengt. „Hallo, hört mich jemand?" Zunächst war nur ein lautes Knistern zu hören, dann ertönte eine Stimme – sie war laut und deutlich zu verstehen. „Hier Suchtrupp zwei. Hallo, Johansen."

Es entstand eine kurze Pause. Johansen strich sich über

sein schlecht rasiertes Kinn. „Suche bisher erfolglos. Wie sieht's bei euch aus?"

„Nichts. Habe gerade mit den Trupps eins und drei gefunkt. Ebenfalls kein Lebenszeichen bisher."

„Roger und off." Damit war die Verbindung beendet. Johansen drehte sich zu Martin um und zuckte bedauernd die Schulter. „Tut mir Leid", sagte er nüchtern.

„Vertrödeln wir keine Zeit." Martin bemühte sich, es sich nicht anmerken zu lassen, wie verzweifelt er über diese Nachricht war. Was half es, hier noch länger herumzustehen und auf Karten zu starren? So vergeudeten sie nur wertvolle Zeit. Sie mussten ganz fest daran glauben, dass sie Flo finden würden, vielleicht hatten sie dann ja Glück. „Weiter geht's!"

Johansen allerdings hatte andere Pläne. „Nein, wir fahren zum Hotel zurück!"

„Bitte?" Johansen hatte sehr laut gesprochen, deshalb war es unmöglich, dass sie sich verhört hatten. Trotzdem konnten Xenia und Martin ihren Ohren kaum trauen. Fassungslos starrten sie Johansen an.

„Schluss für heute. Wir brechen die Suche ab." Er nahm seine Karte und schwang sich hinters Lenkrad. Martin und Xenia schafften es gerade noch, auf die Ladefläche des Wagens zu springen, dann legte Johansen den Gang ein, gab Gas und fuhr los. „Es wird bald dunkel. Wir könnten von der Route abkommen oder stecken bleiben."

„Geben Sie mir Ihren Wagen. Ich zahle, was sie wollen." Martin brüllte gegen das Geräusch des Motors an, so laut er konnte.

„Reden Sie keinen Unsinn."

„Er hat recht." Xenia legte Martin beruhigend die Hand

auf die Schulter. „Im Dunkeln riskieren wir nur, dass wir sie übersehen – und dann hat sie erst recht keine Überlebenschance!" Es fiel ihr schwer, ihre Gedanken so klar und unmissverständlich auszusprechen. Aber sie hatte keine andere Wahl.

Wettlauf mit der Zeit

Der Anblick von Selim und Siali, die zusammen mit einer fremden jungen Frau in das Lager der Beduinen hineinritten, erregte einige Aufmerksamkeit. Erstaunt und neugierig kamen die anderen Bewohner näher, um sich die Fremde anzusehen. Trotzdem hielten sie einen gewissen Abstand, das gebot der Respekt.

Die beiden Beduinen stoppten die Pferde vor ihrem Zelt. Siali musste Flo stützen, damit sie nicht vom Sattel rutschte. Das Mädchen bekam kaum mit, was um sie herum geschah.

„Was ist passiert? Wer ist das?"

Selim und Siali deuteten zum Himmel und dann auf den Fallschirm, der an einem der beiden Pferd festgebunden war. Das war den anderen Antwort genug. Sie verstanden.

Selim stieg vom Pferd. Siali ließ Flo los und sie glitt langsam in Selims Arme. Ein zweiter Beduine kam ihm zur Hilfe geeilt und gemeinsam trugen sie Flo ins Zelt hinein.

Siali stieg nun auch vom Pferd und folgte den anderen in den schattigen Innenraum. Mit schnellen Handgriffen richtete sie ein provisorisches Lager her, auf das die Männer Flo vorsichtig niederlegten.

Die stöhnte auf und wand sich im Fieber. Ihr Blick war wirr, wahrscheinlich phantasierte sie.

Siali holte ein sauberes Tuch und einen Wasserschlauch

– beides reichte sie ihrem Mann. Er befeuchtete das Tuch und tupfte Flo damit vorsichtig Wüstensand und Schweißperlen von der Stirn. Unterdessen öffnete Siali verschiedene Keramikdosen, die im Zelt standen. Sie nahm unterschiedliche, stark duftende Essenzen heraus und mischte in einer kleinen Schüssel daraus eine Salbe. Dann begann sie die Wunde an Flos Kopf einzureiben. Offenbar war die Verletzung ziemlich tief. Die Heilpaste hatte Siali nach einem alt bewährten Rezept der Beduinen hergestellt und damit schon oft Leben gerettet. Trotzdem zweifelte Siali, ob die Paste der jungen Frau noch helfen konnte, vielleicht war es schon zu spät dafür.

Bei jeder Berührung durch Sialis Hand zuckte Flo zusammen. Leise sprach die Frau auf Flo ein. Auch wenn die sicher nicht verstand, was die Worte bedeuteten, würde doch der Klang ihrer Stimme sie beruhigen – das jedenfalls hoffte Siali. Die Behandlung der Wunde dauerte lange. Als Siali fertig war, fiel Flo in einen unruhigen Schlaf. Die Beduinin begann nun vorsichtig Flos Kleidung abzutasten, denn sie wollte wissen, mit wem sie es hier mitten in der Wüste zu tun hatte. Vielleicht fand sie ja irgendeinen Hinweis, zumindest einen Namen. Doch alles, was ihr in die Hände fiel, war ein Markstück. Neugierig betrachtete sie es, drehte es hin und her. So etwas hatte sie schon einmal gesehen. Sie legte Selim ihre Hand auf die Schulter und zeigte ihm die Münze. Die beiden schauten sich an und nickten. Siali strich Flo sanft über die Haare. „Sie scheint eine Deutsche zu sein. Nun, hier jedenfalls ist sie in Sicherheit."

Währenddessen hatte auf dem Jeep keiner ein Wort geredet. Martin starrte düster vor sich hin, und auch Xenia hing ihren Gedanken nach. Nur Johansen pfiff fröhlich ein Lied und schien bester Laune zu sein. Der Gedanke an Flo belastete ihn offenbar nicht im Geringsten.

Martin stieß Xenia sanft mit dem Ellenbogen in die Seite und nickte verärgert zu Johansen hinüber. Die beiden tauschten einen vielsagenden Blick und schüttelten verständnislos den Kopf. Der Mann mochte zwar ortskundig sein und sich in der Wüste gut auskennen, aber das Leben eines anderen Menschen konnte man ihm zweifellos nicht anvertrauen. Ob man ihm überhaupt glauben konnte, was er sagte, war mehr als fraglich. Martin waren in den letzten Stunden da so einige Zweifel gekommen. Er hatte den Eindruck, dass dieser Johansen nicht gerade ein Mensch mit vielen Skrupeln war. Wahrscheinlich musste nur die Bezahlung stimmen und er würde jeden Auftrag annehmen. Außerdem roch der Mann irgendwie merkwürdig. Martin hatte es bemerkt, als er er ihm nahe gekommen war, um einen Blick auf die Karten zu werfen. Johansen roch nach Whisky!

Spätestens da war Martin klar gewesen, dass sie eine andere Möglichkeit finden mussten, nach Flo zu suchen. Außerdem kamen sie mit dem Geländewagen viel zu langsam voran, wenn sie jedoch … Martin sprach seinen Gedanken laut aus. „Wir brauchen Flugzeuge. Damit suchen wir in wesentlich kürzerer Zeit ein viel größeres Terrain ab." Er hatte die Worte mit sehr viel Nachdruck ausgesprochen, doch Johansen grinste ihn über die Schulter hinweg nur spöttisch an. „Hört sich clever an. Leider entspricht die Infrastruktur Mauretaniens nicht der Deutschlands. Es gibt hier nur zwei Charterunternehmen."

Aber so schnell ließ sich Martin nicht beirren. „Dann rufen wir beide an." Ein Funken Hoffnung flackerte in ihm auf. Endlich schien Bewegung in die ganze Sache zu kommen. Wieso nur war er nicht früher auf diese Idee gekommen?

„Das eine sitzt mit der kompletten Belegschaft vor ihnen." Viel sagend deutete er mit dem Finger auf sich selbst. „Und das andere verfügt über zwei alte Maschinen, beides echte Seelenverkäufer. Ehe Sie da einsteigen, können Sie gleich Selbstmord begehen." Er lachte schallend über seinen eigenen Witz. Beinahe wäre er vor lauter Prusten von der Straße abgekommen, doch er fing sich gerade noch rechtzeitig und lenkte gegen.

„Ist mir egal. Fragen Sie sofort an, ob wir eine davon bekommen können!" Martins Stimme klang gereizt. „Mich interessiert nicht, was Sie von der Konkurrenz halten. Es ist eine Chance – und wir werden sie nutzen. Ist das klar?"

Xenia musterte ihn verstohlen. Sie bewunderte die Kraft mit der er sich noch immer für Flo einsetzte. Sie selbst fand nicht mehr die Energie, sich gegen all die Widrigkeiten aufzubäumen, die sich ihnen hier entgegenstellten. Wenn es um Flo ging, dann ließ Martin wirklich nichts unversucht und kämpfte wie ein Löwe, das musste man ihm lassen.

Leider erwies sich auch dieser neue Hoffnungsschimmer schon bald als Irrtum. Es war aussichtslos. Johansen hatte tatsächlich telefoniert, um ein Flugzeug zu organisieren, aber er hatte kein Glück: Das eine Flugzeug war im Einsatz, das andere kaputt. Wenn sie am nächsten Tag die Suche nach Flo fortsetzen wollten, dann blieb ihnen nichts anderes übrig, als wieder in Johansens alten Geländewagen zu steigen.

Martin war verzweifelt. Ununterbrochen musste er daran denken, dass Flo dort draußen irgendwo herumirrte – mutterseelenallein, hilflos und verlassen. So viele Gefahren lauerten dort auf sie. Nicht auszudenken, wenn sie sich bei dem Sprung aus dem Flugzeug vielleicht verletzt hatte. Er hasste es, sich so hilflos zu fühlen. Hätte er Flo nur nicht alleine in diese gottverlassenen Gegend reisen lassen! Ob er sich das jemals würde verzeihen können?

Zurück im Leben

Flo lag auf einem Laken im Beduinenzelt. Ihr Gesicht war gerötet und sie halluzinierte. Immer wieder tauchten Bilder von einem Flugzeug in ihren Träumen auf und sie hatte das Gefühl zu stürzen. Sie fiel und fiel, aber nie kam sie auf dem Boden auf. Flo hatte Angst, wollte schreien, doch aus ihrem weit aufgerissenen Mund drang kein Laut. Immer, wenn sie an diesem Punkt war, verließ sie alle Kraft und sie wollte nur noch schlafen – einen endlosen Schlaf ohne quälende Träume, einen tiefen, sie umhüllenden Schlaf, aus dem sie am liebsten niemals wieder aufwachen wollte.

Aber immer, wenn sie sich dieser Sehnsucht hingeben wollte, merkte sie, wie jemand sie fest hielt und streichelte. Manchmal drangen fremde Worte in ihr Bewusstsein, die sie nicht verstand. Mühsam schlug sie die Augen auf und blickte sich um, doch sie hatte keine Ahnung, wo sie war. Das waren nur kurze Augenblicke, dann versank sie wieder in die Welt ihres Unterbewusstseins.

Siali ließ ihre junge Patientin keinen Augenblick aus den Augen. Sie war fast rund um die Uhr an Flos Lager, denn sie wusste, dass die junge Frau mit dem Tod rang. Alles, was in ihrer Macht lag, wollte Siali tun um das Schlimmste zu verhindern. Jetzt hatte sie einen Trank aus verschiedenen Kräuterextrakten zubereitet, den sie der fiebernden Flo vorsichtig einflößte.

Fast zur selben Zeit hoffte Martin in seinem Hotelzimmer wenigstens für einen kurzen Moment zur Ruhe zu kommen. Nachdem Johansen ihm gesagt hatte, dass keine Chance bestand, ein Flugzeug zu bekommen, um die Suche nach Flo aus der Luft fortzusetzen, wollte er unbedingt alleine sein. Er war zutiefst enttäuscht und verzweifelt. Martin zermarterte sich das Gehirn. Langsam wurde ihm klar, dass er einfach nicht mehr wusste, wie es weitergehen sollte. Jede Minute zählte, aber sie kamen einfach keinen einzigen Schritt weiter.

Er wollte sich verkriechen, inmitten von Flos Sachen wollte er sie bei sich spüren. Zuerst hatte er es sehr merkwürdig gefunden, dass Johansen ihn so selbstverständlich in Flos Hotelzimmer einquartiert hatte. Aber nun war er diesem Mann, der ihm ansonsten so unsympathisch war, geradezu dankbar für diese Entscheidung. Es hatte etwas Tröstliches, Flos Kleider um sich zu haben. Martin war sich der Absurdität dieser Situation durchaus bewusst. Aber wenn er die Augen schloss, konnte er sich – wenigstens für ein paar wunderschöne Momente – einbilden, Flo sei hier bei ihm. Er konnte fast ihre Stimme hören, ihr Lachen und wollte nur noch eins: Sie in seine Arme nehmen und ganz fest an sich drücken.

Doch natürlich half es nichts, die Augen vor der Wirklichkeit zu verschließen. Martin seufzte. Er setzte sich aufs Bett und schaute sich in dem kleinen Zimmer um. Dabei fiel sein Blick auf Flos Koffer, der direkt neben dem Bett stand. Er war verschlossen. Martin überlegte nicht lange zog ihn aufs Bett und öffnete ihn. Ganz oben auf einigen sorgfältig gefalteten T-Shirts lag Flos Pass. Martin war einigermaßen erstaunt, dass Flo ihn nicht bei sich hatte, als sie sich ins Flugzeug gesetzt hatte. Er schlug ihn auf und betrachtete das Foto. Liebevoll strich er mit seinen Fingern über das Bild. Was würde er darum geben, sie endlich wieder bei sich zu haben – gesund und wohlbehalten. Martin merkte, wie ihm die Tränen in die Augen stiegen, er legte den Pass schnell wieder zurück und nahm das Shirt heraus, das Flo am Tag ihrer Abreise getragen hatte. Wie lange war das jetzt her? Es schien Martin, als sei seither eine Ewigkeit vergangen.

Erschrocken fuhr er zusammen, als jemand an die Tür klopfte. Martin legte das T-Shirt hastig in den Koffer zurück und verschloss ihn wieder. Dann wischte er sich die Augen trocken – es sollte ihn niemand so aufgelöst sehen. Etwas schwerfällig erhob er sich, ging zur Tür und öffnete.

Vor ihm stand Xenia. Sie hatte sich Sorgen gemacht, als er so abrupt und ohne ein Wort zu sagen auf sein Zimmer gegangen war – so abweisend hatte sie ihn noch nie erlebt. „Entschuldige, wenn ich störe." Scheu lächelte sie ihn an. Xenia hatte ihm etwas zu essen mitgebracht, denn es war ihr nicht entgangen, dass Martin seit ihrer Ankunft in Mauretanien kaum einen Bissen zu sich genommen hatte.

Xenia trat ein und setzte das Tablett mit dem Essen auf einem Tisch in der Ecke neben der Tür ab. „Du musst etwas essen. Wie willst du sonst morgen den Tag überstehen?"

Martin antwortete nicht, sondern starrte nur lustlos auf das Tablett.

Xenia wollte sich gerade wieder umdrehen und gehen, als er nach ihrem Handgelenk griff und es umfasste. Er blickte ihr fest in die Augen. „Was glaubst du, wie es ihr geht?"

Xenia hielt seinem Blick stand, doch sie wusste nicht, was sie sagen sollte. Stattdessen legte sie ihm sanft ihre Hand auf den Arm. „Wir dürfen die Hoffnung nicht aufgeben."

Martin nickte langsam. „Flo lebt. Das spüre ich. So klar, als ob sie bei uns wäre. Sie lebt – und wir werden sie finden!"

Xenia sagte nichts mehr. Sie wollte ihm die Hoffnung nicht nehmen, an die er sich so verzweifelt klammerte. Doch sie selbst war nicht so optimistisch wie er. Sie glaubte nicht daran, dass Flo noch lebte – nicht, seitdem sie gesehen hatte, wie riesig die Wüste war, wie karg und gnadenlos. Eilig verließ sie das Zimmer, damit Martin nicht noch mehr unangenehme Fragen stellen konnte.

Später wollten sie sich noch einmal in der Eingangshalle treffen, um zu besprechen, wie sie die Suche weiterhin effektiver gestalten konnten. Das hatten sie schon zuvor verabredet. Xenia hoffte, dass sich Martin bis dahin wieder etwas gefangen hatte. Schließlich war die Situation für sie beide sehr schwer …

Im Beduinenzelt war Siali wieder einmal dabei, Flo einen ihrer Kräutertränke einzuflößen. Sie hatte das in den letzten Stunden immer wieder getan, doch diesmal hatte sie das Gefühl, dass sich etwas verändert hatte. Flo schien nicht mehr so weit weg zu sein, auch ihre unruhigen Träume hatten offenbar nachgelassen, denn sie wälzte sich nicht mehr auf ihrem Lager hin und her. Die Beduinenfrau holte ihren Mann herbei und zeigte auf Flo. „Sie scheint wieder zu Kräften zu kommen."

Selim betrachtete Flo kritisch, dann nickte er. „Offenbar haben die Tränke gewirkt."

Er hatte den Satz kaum zu Ende gesprochen, da schlug Flo die Augen auf und blickte sich völlig verwirrt um. „Wo bin ich?" Ihre Stimme war noch schwach und sie sprach sehr leise, aber Siali und Selim verstanden sie trotzdem.

„Hab keine Angst, wir sind deine Freunde. Du bist sicher bei uns." Selim strich ihr vorsichtig eine Haarsträhne aus dem Gesicht.

„Wer seid ihr?"

„Das ist Siali, meine Frau. Und ich bin Selim Qualata. Wie heißt du?"

Flo wollte etwas antworten, doch ihr Mund öffnete sich nur stumm. Verzweifelt blickte sie die beiden völlig fremden Menschen an, die vor ihr standen und sie so freundlich anlächelten. Wie gerne hätte sie den beiden eine Antwort gegeben – aber sie konnte nicht. So sehr sie sich auch anstrengte, sie konnte ihren Namen nicht nennen. Sie schluckte schwer, spürte, wie ihr die Zunge am Gaumen klebte. „Ich weiß nicht. Ich kann mich nicht erinnern." Es kostete sie gewaltige Anstrengung, sich langsam aufzurichten. Vorsichtig tastete sie ihren Kopf ab und schaute sich unruhig in dem Zelt um. „Wo bin ich hier? Was ist passiert?"

Siali und Selim wechselten einen schnellen Blick. „Du musst dich ausruhen. Alles andere hat Zeit." Siali tupfte Flo fürsorglich den Schweiß von der Stirn.

„Aber ich will wissen, was mit mir los ist!" Flo war ihre Verzweiflung deutlich anzumerken. Angst kroch in ihr hoch. Das konnte doch nicht sein, das gab es einfach nicht, dass man sich an rein gar nichts mehr erinnern konnte. Wer war sie? Das musste sie doch wissen! Flo begann am ganzen Körper zu zittern.

„Keine Sorge, du bist hier in Sicherheit." Siali stand auf und verschwand im hinteren Teil des Zeltes. Nach kurzer Zeit kam sie mit einem Tongefäß in der Hand zurück, randvoll mit einer großen Portion dampfenden Hirsebreis. Selim legte Flo ein paar Kissen hinter den Rücken, damit sie sich abstützen konnte, während Siali sich neben Flo kniete und sie mit dem Hirsebrei fütterte. „Die Wüste hat dich schwach gemacht. Iss. Mit der Kraft wird auch die Erinnerung zurückkommen." Sie lächelte ihr aufmunternd zu und Flo tat, was sie ihr sagte.

Traum oder Wirklichkeit

Als das Telefon im Foyer des Hotels klingelte, schraken Martin und Xenia zusammen. Gerade saßen sie dort und überlegten, wie sie am nächsten Tag weitersuchen wollten. Beide hatten sie den gleichen Gedanken. Vielleicht hatte einer der anderen Suchtrupps Flo endlich gefunden. Martin sprang auf, ging zum Telefon und nahm den Hörer ab. Er meldete sich mit Namen und lauschte angespannt, doch dann veränderte sich sein Gesichtsausdruck plötzlich, er wirkte genervt. „Ja, bitte, stellen Sie durch."

Xenia blickte ihn fragend an, doch er winkte kopfschüttelnd ab. Keine neue Nachricht von Flo, bedeutete das.

„Was willst du denn?" Martins Stimme klang schroff und alles andere als freundlich, als er nach einer kurzen Pause weitersprach. „Ja, das kannst du. Ruf hier nicht mehr an. Lass mich einfach in Ruhe." Martin knallte den Hörer auf die Gabel.

Xenia hatte ihn keinen Augenblick aus den Augen gelassen. Wenn er so reagierte, dann konnte das eigentlich nur eines bedeuten. „Sonja?"

Martin nickte. „Sie wollte wissen, ob wir schon ein Spur von Flo haben. Angeblich hat sie es vor lauter Sorge nicht mehr ausgehalten. Sie hat mich gefragt, ob sie irgend etwas für mich tun kann." Martins Augen funkelten zornig. „Dieses geheuchelte Mitgefühl ist wirklich das Letzte, was ich jetzt brauche." Für wen hielt sich Sonja eigentlich. Erst verbrannte sie seinen Pass und jetzt versuchte sie sich wieder bei ihm einzuschmeicheln. Für wie dumm hielt sie ihn? Er kannte ihre miesen Spielchen nur zu gut und auf ihre ewigen Lügen fiel er auch nicht mehr herein. Die Zeiten waren vorbei.

„Das ist wirklich unverfroren", Xenia verstand, weshalb er so sauer war. Auch auf sie wirkte Sonja längst wie ein rotes Tuch. Sie ging ihr aus dem Weg, wann immer das nur möglich war. „Tja, aber so kennen wir deine Schwester."

„Ihretwegen musste Flo alleine vorfliegen. Wenn ich hier gewesen wäre, hätte ich niemals zugelassen, dass sie bei einem solchen Unwetter in ein Flugzeug steigt."

„Du kannst es jetzt nicht mehr ändern." Xenia ging zu Martin hinüber und legte ihm behutsam ihre Hand auf den Arm. „Jetzt höre auf, dich so zu quälen. Spar dir deine Energie lieber für die Suche."

Doch Martin stieß ihre Hand einfach weg. „Welche Suche? Wir sitzen hier herum und schlürfen Tee, während Flo in der Wüste ums Überleben kämpft."

Xenia antwortete indigniert: „Du bist nicht der einzige, der sich Sorgen um sie macht. Aber im Gegensatz zu dir versuche ich, mich den Bedingungen hier anzupassen."

Martin schnaubte verächtlich.

„Oder willst du im Stockdunklen die Sahara absuchen? Dann haben wir morgen zwei Vermisste. Und einen Helfer weniger." Xenia machte eine kurze Pause und blickte ihn vorwurfsvoll an. „Komm, lass uns schlafen gehen. Morgen wird wieder ein harter Tag."

Beschämt nickte Martin. Xenia hatte ja Recht. „Es ist nur diese verfluchte Angst", flüsterte er kleinlaut.

„Das weiß ich doch." Xenia strich ihm über die Wange und bemühte sich um einen überzeugenden Tonfall. „Wir finden Flo. Ganz bestimmt!"

Flo merkte, dass ihr das warme Essen gut tat. Trotzdem war sie noch immer sehr verwirrt. „Sagen Sie mir jetzt bitte, wie ich hierher gekommen bin."

Selim blickte ihr ernst in die Augen. „Wir haben dich in der Wüste gefunden. Du hingst noch an einem Fallschirm. Wir haben ihn mitgenommen, du kannst ihn dir anschauen." Er deutete auf eine Ecke des Zeltes.

Kein Zweifel – dort lag ein zusammengefalteter Fallschirm. Trotzdem konnte Flo sich keinen Reim auf die Worte machen. Was sollte sie mit einem solchen Ungetüm zu tun gehabt haben?

Selim schien ihre Gedanken erraten zu haben. „Es gab einen großen Sturm. Dein Flugzeug muss abgestürzt sein."

Angestrengt dachte Flo nach. Aber so sehr sie sich auch bemühte, es gelang ihr einfach nicht, sich auch nur an eine einzige Kleinigkeit zu erinnern. Abgesehen davon, dass ihr Kopf noch immer sehr schmerzte, schien er absolut leer zu sein. Trotzdem erschien das, was Selim sagte, durchaus einen gewissen Sinn zu ergeben. „Das heißt, ich war auf einer Reise …" Flo stockte, hilflos blickte sie ihn an. „Was ist das hier für eine Wüste?"

„Die Sahara."

Das alles erschien ihr völlig unverständlich. Noch immer konnte sich Flo keinen Reim auf das machen, was sie hörte. Wenn es stimmte, was dieser Mann ihr sagte – und sie

konnte sich keinen Grund vorstellen, warum er lügen sollte, dann war sie jetzt also in Afrika. Aber was wollte sie
bloß hier? Dankbar legte sie sich wieder hin, als Selim ihr
die Kissen wegnahm, gegen die sie ihren Rücken gestützt
hatte. Sie musste jetzt ein bisschen schlafen, das war alles
viel zu viel für sie. Fragen über Fragen und keine einzige
Antwort. Flo seufzte unglücklich und blickte von Selim zu
Siali. „Sie sind so freundlich zu mir. Ohne Sie wäre ich jetzt
wahrscheinlich tot." Flo konnte kaum noch die Augen offen halten, so müde war sie.

„Danke Allah. Er hat die Schritte unserer Pferde gelenkt."

„Wieso sprechen Sie eigentlich meine Sprache?" Flo versuchte sich noch einmal aufzurichten, aber Selim drückte
sie mit sanfter Gewalt auf ihr Lager zurück.

„Mein Onkel hatte einen Stand im Basar. Wir hatten viele deutsche Kunden."

Flo nickte unmerklich, dann war sie eingeschlafen.

In derselben Nacht konnte Martin einfach keine Ruhe finden. Immer wieder beschäftigte ihn der Gedanke an Flo.
Was konnten sie nur tun, um sie zu finden? Es musste doch
eine Möglichkeit geben, die Suche nach ihr zu beschleu-
nigen. So viel Zeit war schon ungenutzt vergangen ...

Schließlich fiel Martin doch in einen leichten Schlaf, aber
er brachte ihm nicht Ruhe und neue Kraft, sondern einen
weiteren Alptraum. Diesmal war alles noch viel schlimmer
als beim ersten Mal. Wieder träumte er von Flo und wieder verschwand sie direkt vor seinen Augen, ohne dass er
etwas dagegen tun konnte. Flo stand ihm sogar direkt gegenüber – ganz nah vor ihm. Doch sie schaute ihn an wie
einen Fremden. Auch als er sie ansprach, kam keine Reak-

tion von ihr. Martin wollte ihre Hände fassen, doch er griff ins Leere. Da war nichts mehr. Flo war plötzlich verschwunden, einfach weg, ganz so, als habe sie sich in Luft aufgelöst.

Martin stöhnte auf und wurde wach. Schweißgebadet lag er in seinem Bett, sein Herz raste. Einen Moment lang wusste er nicht, wo er war, doch dann kam die Erinnerung erbarmungslos zurück und er begann zu weinen. Schluchzend umklammerte er sein Kopfkissen. Wo war Flo nur? Lebte sie überhaupt noch? Und warum hatte er immer wieder diese schrecklichen Träume? Wieso hatte er das Gefühl, Flo zu verlieren, ohne auch nur das Geringste dagegen tun zu können? Das drückende Gefühl der Ohnmacht war unerträglich, er wehrte sich dagegen, aber es war stärker als er.

In dieser Nacht träumte auch Flo – zum ersten Mal seit Tagen konnte sie sich erinnern, was es war. Trotzdem war ihr unerklärlich, was dieser Traum ihr sagen wollte. Sie stand an einem Hoteleingang, ein Angestellter legte einen Stift und ein Anmeldeformular vor sie hin, das sie ausfüllen sollte. Flo nahm den Stift und wollte anfangen zu schreiben, doch sie starrte nur hilflos auf das Stück Papier, das vor ihr lag. Der Hotelangestellte deutete freundlich auf die Zeilen, die sie ausfüllen sollte, doch sie konnte nicht. Verzweifelt versuchte sie dem Mann verständlich zu machen, dass sie ihren eigenen Namen nicht kannte. Der Angestellte merkte nichts davon, stattdessen blickte er kurz zu einem anderen Gast in der Lobby hinüber und nickte diesem zu. Flo folgte seinem Blick. Der Mann in der Lobby fesselte ihre Aufmerksamkeit, obwohl sie ihn nur von hinten sehen konnte. Sein Gesicht war nicht zu erkennen, doch Flo fühlte sich unwiderstehlich zu ihm hingezogen. Wie in Trance legte sie den Stift weg und ging auf den Mann zu. Sie fasste ihn an der Schulter und drehte ihn zu sich herum, doch in dem Moment als sie gerade glaubte, endlich sein Gesicht erkennen zu können, verlor es sich.

Der Traum versank in den Tiefen ihres Unterbewusstseins. Flo schrak auf und schlug die Augen auf.

Sie blickte direkt in das freundliche Gesicht von Siali, die neben ihr kniete und ihr die Stirn mit kühlen Tüchern abtupfte. „Es ist alles gut. Ganz ruhig."

„Ich habe jemanden gesehen. Im Traum. Er stand da, in einem Hotel. Da war so ein vertrautes Gefühl."

„Beschreibe den Mann. Wie hat er ausgesehen?"

„Ich weiß es nicht." Flo schüttelte verzweifelt den Kopf. Er schmerzte bei jeder Bewegung. „Ich konnte sein Gesicht nicht sehen."

„Nicht aufregen. Du wirst dich an ihn erinnern. Ganz bestimmt." Siali legte ihre Hand auf Flos Stirn. Das Fieber schien noch immer nicht genügend gesunken zu sein.

Verzweifelte Suche in der Wüste

Am nächsten Morgen war Martins Laune auf einem Tief-punkt. Zusammen mit Xenia und Johansen hatte er sich wieder in den Geländewagen geschwungen, um weiter nach Flo zu suchen. Für Martins Gefühl fuhr Johansen viel zu langsam. Dem Mann schien es ganz egal zu sein, wann und sogar ob sie Flo überhaupt fanden. Er schien alle Zeit der Welt zu haben. „Ist das alles, was die Karre hergibt?" Martin war mit seiner Geduld am Ende.

„Das ist hier keine deutsche Autobahn. Ich bin froh, dass wir nicht stecken geblieben sind." Johansen verbarg nicht, dass er von Martins Drängelei ausgesprochen genervt war.

Aber davon ließ Martin sich nicht beeindrucken. „Es geht um das Leben meiner Freundin."

Xenia merkte, dass Martin kurz davor stand zu explodie-ren. Doch ein Streit zwischen den beiden Männern war so ziemlich das Letzte, was sie jetzt gebrauchen konnten, des-halb versuchte sie Martin zu besänftigen. „Das weiß Herr Johansen. Jeder von uns tut sein Bestes."

„Bis jetzt liegen wir gut in der Zeit. Wir schaffen heute einen Großteil unseres Gebiets." Johansen war beleidigt. Schließlich half er freiwillig bei dieser Suche. Das könnte auch dieser neunmalkluge Kerl allmählich mal honorieren. Der Ton, in dem der seit geraumer Zeit mit ihm redete, gefiel Johansen ganz und gar nicht. Wenn dieser Typ so weiter machte, dann hatte er bald überhaupt keine Lust mehr weiterzufahren. Zumal die Erfolgsaussichten ohnehin alles andere als rosig waren.

„Aber wir müssen alles schaffen. Wenn wir Flo heute nicht finden …" Martin schluckte schwer. „Drei Tage ohne Wasser, das hält niemand aus."

„Je schneller wir fahren, desto größer ist die Wahrscheinlichkeit, dass wir sie übersehen." Johansen drückte Martin das Fernglas in die Hand. Der nahm es murrend an.

Er wollte sich gerade auf das Absuchen des Geländes konzentrieren, als der Motor des Wagens ein merkwürdiges Geräusch von sich gab.

Irritiert starrte Martin Johansen an. „Was war das denn?" Er merkte, wie der Wagen deutlich langsamer wurde.

„Keine Ahnung!" Johansen trat kräftig aufs Gaspedal, aber es half nichts. „Der Motor zieht nicht mehr."

Das Geräusch erklang erneut, es war ein unangenehmes dumpfes Knarzen. Und dann tat sich gar nichts mehr. Der Geländewagen rollte noch ein paar Meter, dann blieb er einfach stehen.

„Ich habe Sie gewarnt. Das hier ist kein Neuwagen." Schimpfend stieg Johansen aus. Als er die Motorhaube öffnete stieg ihm heller Qualm entgegen. Das war kein gutes Zeichen.

Martin war ebenfalls ausgestiegen, trat hinter Johansen und schaute ihm über die Schulter. „Und? Was ist es?"

„Schwer zu sagen. Vielleicht die Zylinderkopfdichtung. Jedenfalls können wir das hier mitten in der Wüste nicht reparieren."

„Heißt das, der Wagen muss abgeschleppt werden?"

„Sieht ganz so aus. Die nächste Werkstatt ist in Ouadane."

„Dann fordern Sie sofort Hilfe an. Und einen Ersatzwagen. Wir haben keine Zeit zu verlieren." Auch das noch! Martin hätte Johansen am liebsten angeschrien, aber er beherrschte sich. Womöglich würde der Mann dann völlig auf stur stellen. Es war auch so schon alles schwierig genug.

Johansen kramte sein Funkgerät hervor. „Eines sage ich Ihnen gleich. Bis der hier ist, das kann Stunden dauern."

Er hatte noch untertrieben. Die Werkstatt teilte mit, dass zurzeit kein Wagen zur Verfügung stand, schon gar kein Geländewagen. Alle waren im Einsatz und würden erst in ein paar Stunden wieder zurück sein. Lediglich zwei Fahrzeuge waren noch da. Doch die hatten einen Achsenschaden und die Ersatzteile würden erst in ein paar Wochen kommen. So war das eben in Afrika. Hier gingen die Uhren anders als in Europa.

Für die Suche nach Flo bedeutete das, dass sie frühestens am Nachmittag – wenn alles gut ging und die Reparatur unproblematisch war – wieder weitermachen konnten. Der halbe Tag war verloren. Damit sanken die Chancen, Flo lebend zu finden, schon wieder erheblich. Es war wie ein böser Fluch. Sie konnten nur hoffen, dass die anderen Suchtrupps Flo vielleicht fanden. Wenn sie aber irgendwo in ihrem Abschnitt lag, dann … Martin zwang sich dazu, diesen Gedanken zu verdrängen. Das durfte einfach nicht sein, er würde sich das sein Leben lang niemals verzeihen können.

Die Beduinenfrau im Zelt neben Flo lächelte zufrieden. Sie hatte der jungen Frau den Kopfverband abgenommen.

Offenbar hatten ihre Kräutersalben und Tinkturen geholfen, denn die Wunde hatte sich nicht entzündet. Siali war sich nun sicher, dass Flo es schaffen würde, so schmal sie auch war. Denn die war eine starke Frau. Liebevoll strich sie ihr übers Haar.

Flo spürte die leichte Berührung und schlug die Augen auf. Fragend blickte sie Siali an.

„Du wirst wieder gesund. Wenn du ganz bei Kräften bist, reiten wir mit dir zur Oase. Dort wird man uns vielleicht sagen können, wer du bist und wie du heißt." Siali spürte instinktiv, wie sehr Flo diese Frage beschäftigte.

„Ist es weit bis dorthin?"

„Mit den Pferden einen Tag." Siali hatte die neuen Verbände für Flo bereits vorbereitet und begann, sie ihr vorsichtig anzulegen. Dabei streifte ihre Hand einen Gegenstand, den sie bis jetzt noch nicht bemerkt hatte. Neugierig schaute sie nach und entdeckte ein Amulett, das Flo an einer Kette um den Hals trug. Zwei Buchstaben waren darauf eingraviert.

Flo folgte Sialis Blick und nun entdeckte auch sie das Schmuckstück. Bisher war sie so schwach gewesen, dass sie sich für nichts interessiert hatte, doch nun war das anders. Vielleicht konnte das Amulett ihr Antworten auf die vielen drängenden Fragen geben, die sie so beschäftigten. Vielleicht kamen endlich die Erinnerungen zurück, wenn sie es betrachtete. Vorsichtig zog sie die Kette mit dem Amulett über den Kopf und betrachtete es eingehend.

„Das sind zwei Anfangsbuchstaben – wahrscheinlich von zwei Namen. Es sieht aus wie ein F und ein M."

„Fällt dir dazu etwas ein?"

Enttäuscht schüttelte Flo den Kopf. „Nein, gar nichts." Traurig schloss sie wieder die Augen. Siali sollte nicht sehen, dass sie gegen die Tränen ankämpfte. Die Beduinenfrau hatte so viel für sie getan – sie hatte ihr das Leben gerettet. Jetzt sollte sie sich nicht noch mehr Sorgen um sie machen müssen.

Ungebetener Besuch

Zutiefst enttäuscht kamen Martin und Xenia wieder im Hotel an. Sie waren von oben bis unten mit Staub bedeckt, denn nach vielem Hin und Her hatte Johansen lediglich drei Pferde organisieren können, die den Geländewagen zur nächsten Werkstatt gezogen hatten. Und von dort aus waren sie dann unter Johansens Kommando zurück zum Hotel geritten.

Martin war trotz allem entschlossen gewesen, an diesem Tag bis zum letzten Sonnenstrahl zu suchen, doch Johansen zerstörte dieses Vorhaben. Die Reparatur würde bis zum Abend dauern, das hatte man ihm in der Werkstatt gesagt. Aber nach seiner Erfahrung bedeutete dies, dass die ganze Sache wahrscheinlich erst am nächsten Tag fertig war – frühestens. Mit den Zeitangaben nahm man es hier nicht so genau und es war wichtig, die Worte zwischen den Zeilen zu lesen. Wenn nicht ein kleines Wunder geschah, dann war die Suche für diesen Tag gelaufen.

Johansen war das klar, doch Martin weigerte sich nach wie vor, es einzusehen. Er saß zusammen mit Xenia, die völlig erschöpft war, an der Rezeption des Hotels. Während Xenia nur schweigend vor sich hin starrte, hatte Martin schon wieder die Karte aufgeschlagen und betrachtete eingehend das Gebiet, das sie noch nicht durchsucht hatten.

Nur aus den Augenwinkeln bemerkte er, dass ein Hotel-angestellter an ihnen vorbei huschte. Er hatte frische Handtücher in der Hand und trug sie in eines der Zimmer. Wenige Minuten später lief er erneut an ihnen vorbei, diesmal mit einer Karaffe voll Wasser und einem Glas. Martin achtete nicht weiter darauf. Erst als Xenia neben ihm zu erstarren schien und einen unterdrückten Schrei ausstieß, wurde er aufmerksam und blickte auf. Seine Augen weiteten sich in ungläubigem Staunen. Was er da sah, musste eine Fata Morgana sein, ein Zerrbild, ein Streich, den ihm seine überanstrengten Nerven spielten.

Mit einem liebenswürdigen Lächeln auf den Lippen kam Sonja auf ihn zu geschlendert. Sie war viel zu stark geschminkt und trug hohe Absätze, ein Outfit, das für die Wüste denkbar ungeeignet war. „Hallo, ihr Lieben", säuselte sie. „Das ist eine Überraschung, nicht wahr?"

Martin brauchte einen Augenblick, bis er sich von diesem Schock erholt hatte. Er wurde wütend. Schließlich war es Sonja, die schuld war an dieser ganzen schrecklichen Situation. Sicher, für das Unwetter konnte sie nichts, aber hätte sie nicht einfach seinen Pass verbrannt … Martin musste sich beherrschen, um nicht auf seine Schwester loszugehen. Diese Dreistigkeit war nicht zu übertreffen. Schließlich hatte er ihr mehr als deutlich gesagt, dass er mit ihr nichts mehr zu tun haben wollte!

Sonja kräuselte beleidigt das Näschen. Sie war eine gute Beobachterin und es war ihr nicht entgangen, wie aufgebracht Martin war. „Du tust gerade so, als ob ich die weite Reise nur gemacht habe, um dich zu ärgern!"

„Sicher bist du nicht hierher gekommen, weil du dir solche Sorgen um Flo machst", fauchte Martin. Zu all den

Problemen, die sie hier bewältigen mussten, kam nun auch noch seine ‚liebe‘ Schwester hinzu.

Sonja blickte ihn mit ihrem unschuldigsten Augenaufschlag an. „Ich will dir helfen. Immerhin bin ich deine Schwester.“

Daran brauchte sie ihn nicht erst zu erinnern. „Kümmere dich um deine Angelegenheiten und lass uns hier in Ruhe. Das ist alles, worum ich dich bitte.“

Johansen, der die Pferde versorgt hatte, betrat das Hotel und hörte noch die letzten Worte, die Martin gesprochen hatte. Neugierig kam er näher. Er musterte Sonja verstohlen. Johansen hatte sich nicht nur um die Pferde gekümmert. Er hatte seine guten Beziehungen spielen lassen und nun konnten sie den Jeep des Hotels benutzen. Der Wagen war zuvor unterwegs gewesen, weil ein neuer Gast vom Flughafen abgeholt werden musste – offenbar genau die junge blonde Dame, die sich gerade mit Martin einen handfesten Streit lieferte. Johansen räusperte sich laut und vernehmlich. „Ich lade schon mal die Ausrüstung ein.“

Einen Moment lang war Martin sprachlos. Wie es schien, hatte er Johansen Unrecht getan. Dem Mann schien doch etwas daran gelegen zu sein, dass sie Flo so schnell wie möglich fanden. Martin ließ Sonja einfach stehen und eilte auf Johansen zu. „Brauchen Sie Hilfe?“

„Nicht nötig.“ Johansen drehte sich um und ging nach draußen.

Xenia, die sich bisher zurückgehalten hatte, musterte Sonja giftig. „Dass Sie überhaupt die Frechheit besitzen, hier aufzukreuzen! Es ist wirklich unglaublich.“

Sonja zuckte nur die Achsel. „Ihretwegen bin ich bestimmt nicht hier.“

Noch ein letztes Mal drehte sich Martin zu seiner Schwester um. „Sparen wir uns die Diskussion. Heute Abend geht der Bus zurück zum Flughafen. Pack deine Sachen."

Er griff Xenia am Arm und zog sie mit sich. Sie beide hatten jetzt Wichtigeres zu tun, als ihre Zeit mit unnützem Geschwafel zu vergeuden. Jedes Wort an Sonja war ohnehin Verschwendung. Sie würde ihre Fehler niemals einsehen. Es gab Dinge, die waren einfach nicht zu entschuldigen ... Je schneller sie von hier verschwand, desto besser.

Martin und Xenia wollten gerade nach draußen eilen, um Johansen beim Beladen des Wagens zu helfen, als dieser ihnen entgegen gerannt kam. Hinter sich schlug er die Tür zur Hotelhalle mit einem lauten Knall zu. Johansen war über und über mit Sand bedeckt und klopfte sich fluchend seine Sachen ab.

Verständnislos starrte Martin ihn an. „Können wir los?"

Johansen konnte über Martins Ahnungslosigkeit nur den Kopf schütteln. „Wir haben Glück, dass wir noch nicht aufgebrochen sind. Da draußen braut sich ein gewaltiger Sturm zusammen."

Ungläubig schüttelte Martin den Kopf. Er eilte zum Fenster und schaute hinaus. „Eben war es doch noch völlig klar!"

„Das passiert manchmal innerhalb von Minuten. Gleich sehen Sie die Hand nicht mehr vor Augen."

Sonja hatte aufmerksam zugehört. Ein triumphierendes Lächeln huschte über ihr Gesicht. „Das heißt, ich kann sowieso nicht abreisen."

Xenia hatte ihre Bemerkung gehört. „Für Sie ist es das ideale Reisewetter."

Martin, der zu sehr mit seinen eigenen Gedanken beschäftigt war, achtete nicht auf die beiden. Ein Sandsturm! Das hatte ihnen gerade noch gefehlt! Eben erst hatte er neue Zuversicht gewonnen. Nach all den schrecklichen Katastrophen, die sie heute erlebt hatten, endlich ein Hoffnungsschimmer und nun das! Martin war war fast am Ende mit seinen Nerven. Flo war dort draußen in der Wüste – schutzlos, seit Tagen ohne Essen und Trinken, vielleicht verletzt. Und nun auch noch ein Sandsturm!

Konnte er denn gar nichts machen, um endlich zu ihr zu kommen? Martin konnte sich damit einfach nicht abfinden. Er selbst brauchte sie doch auch so sehr! „Wir halten uns trotzdem bereit", sagte er entschlossen. „Irgendwann wird der Sturm sich wieder legen. Und wir fahren schließlich nicht im Cabrio."

Johansen schüttelte den Kopf. „Glauben Sie mir. Für heute können wir die Suche vergessen. Wir würden uns nur verirren."

Für Martin war das wie ein Schlag mitten ins Gesicht. Ihm wurde übel. Gab es überhaupt noch eine Chance, Flo zu retten oder waren ihre Bemühungen längst umsonst? Wieso schienen sich alle Umstände gegen sie zu verschwören? Martin hatte keine Kraft mehr, noch länger gegen diese Aussichtslosigkeit anzukämpfen. Er ließ sich auf einen der Sessel in der Rezeption fallen und schlug die Hände vors Gesicht.

Xenia ging zu ihm und legte ihm tröstend den Arm um die Schulter, aber Martin spürte es kaum. Er war in Gedanken ganz weit weg – bei Flo und bei der tiefen Liebe, die sie beide verband. Sie hatten so viele wundervolle Dinge erlebt. Das konnte, das durfte nicht alles der Vergangenheit angehören! Sie hatten so viele Pläne, sie wollten heiraten und zusammen alt werden!

Überdeutlich stürzten die Erinnerungen auf ihn ein. An ihrem letzten gemeinsamen Abend vor Flos Abreise hatten sie noch einmal einen richtig schönen Abend erlebt. Sie hatten zusammen Rotwein getrunken und über ihre gemeinsame Zukunft gesprochen. Dann war Flo plötzlich ganz ernst geworden. Sie hatte Martin in den Arm genommen und ganz fest an sich gedrückt. Sie würde ihn vermissen, auch wenn er in ein paar Tagen nachkommen wollte. „Am liebsten würde ich den Flug verschieben, nur um bei dir zu bleiben", hatte sie geflüstert. Martin war gerührt gewesen. Trotzdem hatte er in seinem Übermut noch Scherze gemacht. Sie mache sich in Mauretanien doch so oder so eine schöne Zeit. Ein bisschen knipsen, am Hotelpool liegen und Cocktails schlürfen. Da würde sie ihn doch ohnehin nicht weiter vermissen, so ähnlich hatte er sie aufgezogen.

Beide hatten sie gelacht, glücklich und unbeschwert. Und dann hatten sie sich geküsst. Flo war so wunderbar zärtlich gewesen. Fast konnte er ihre Stimme noch hören, wie sie sagte „Ich weiß gar nicht, wie ich es die nächsten drei Tage ohne dich aushalten soll."

Bei der Erinnerung daran fühlte sich Martin, als habe ihm jemand ein Messer in sein Herz gestoßen. Damals hatten sie noch geglaubt, es würde nur Tage dauern, bis sie sich wieder sahen, doch nun war mehr als fraglich, ob es überhaupt noch einmal ein Wiedersehen geben würde … Martin schlug sich in seiner Verzweiflung mit der flachen Hand gegen die Stirn. Er durfte so etwas nicht denken. Flo lebte! Er musste nur ganz fest daran glauben!

Der Sandsturm

Die beiden Beduinen Siali und Selim waren mit ihren Pferden nach Ouadane, der nächsten Oase geritten. Sie wollten herausfinden, ob dort vielleicht jemand nach der jungen Frau suchte. Es musste doch schrecklich für sie sein, nicht zu wissen, wer sie war und wie sie hieß. Sie selbst war noch zu schwach für den langen Ritt. Deshalb übernahm das Beduinenpaar die Reise für ihren Schützling. Die junge Frau war ihnen schon richtig ans Herz gewachsen.

Flo hatte einsehen müssen, dass sie noch nicht selbst reiten konnte. Sie war den beiden unendlich dankbar, dass sie so viel für sie taten, aber sie blieb nicht gerne alleine im Zelt zurück.

Dann war das Wetter plötzlich sehr viel schlechter geworden. Flo hatte es am Heulen des Windes und dem Flattern der Zeltbahnen bemerkt. Sie hatte Angst bekommen, panische Angst. Warum das so war, das konnte sie nicht genau sagen – auch da versagte ihr Gedächtnis. Zitternd kauerte sie in einer Ecke des Zeltes, das kleine Licht, das vor ihr stand, flackerte. Flo nahm das Amulett, das an einer Kette um ihren Hals hing, vorsichtig ab und betrachtete es eingehend. Irgendwie wirkte es beruhigend auf sie. Aber warum nur? Wenn sie sich nur erinnern würde, von wem sie es bekommen hatte und was die Buchstaben darauf zu bedeuten hatten, dann wäre sie sicher schon einen großen Schritt weiter. Aber es half nichts. In ihrem Kopf war nichts als Leere und eine undurchdringliche Dunkelheit. Flo versuchte zu schlafen, aber es gelang ihr nicht. Bei dem Wetter draußen fand sie einfach keine Ruhe.

In diesem Moment wurde die Zelttür einen Spalt breit geöffnet und ein Windstoß fegte hinein. Selim und Siali traten ein. Sie waren über und über mit Sand bedeckt.

„Hallo." Flo war erstaunt, das die beiden schon wieder zurück waren. „Ihr seid nicht in der Oase geblieben?"

Selim schüttelte den Kopf. „Wir sind vorher umgekehrt. Du kennst unsere Stürme hier nicht." Er räusperte sich verlegen. „Wir dachten, du hast Angst allein."

Flo nickte langsam und lächelte die beiden dankbar an. Sie waren so lieb und rücksichtsvoll zu ihr. „Dieses Geheule, es hört sich an als, ob liefen da draußen lauter wilde Tiere herum."

Siali gefiel dieser Vergleich und sie schmunzelte. Sie kniete sich neben Flo auf den Boden und nahm sie liebevoll in den Arm. „Ich kenne diese Tiere auch. Aber sie pfeifen nur und beißen nicht."

Wenn Flo wie sie schon länger in der Wüste gelebt hätte, dann würde sie wissen, wie heimtückisch diese Stürme waren. Schon viele Menschen hatten in einem Sandsturm ihr Leben verloren. Doch hier in diesem Zelt waren sie geschützt. Siali wollte sich nicht vorstellen, was mit Flo passiert wäre, wenn sie jetzt noch immer alleine und hilflos hinter dem Steinhaufen in der Wüste liegen würde. Spätestens dieser Sandsturm wäre ihr sicherer Tod gewesen. Welch ein Glück, dass sie die junge Frau noch rechtzeitig gefunden hatten!

Zur selben Zeit saß Martin noch immer in der Eingangshalle des Hotels und starrte frustriert vor sich hin. Dies war keine Nacht zum Schlafen – er hatte kein Auge zugetan. Der Sturm draußen tobte immer stärker und es war nicht abzusehen, wann er endlich vorbei sein würde. Es war furchtbar, nichts tun zu können, außer zu warten. Zeit war das, was sie am allerwenigsten hatten, wenn sie Flo lebend finden wollten.

Martin litt unter dieser Hilflosigkeit, das Gefühl der Ohnmacht war einfach unerträglich. Er liebte Flo so sehr, ein Leben ohne sie war für ihn absolut undenkbar. Sie beide waren so glücklich miteinander gewesen. Endlich hatte es wieder eine Perspektive in seinem Leben gegeben. Seit er Flo kannte, hatte er ganz allmählich angefangen, wieder an das Gute in den Menschen zu glauben. Auch den Glauben an sich selbst hatte sie ihm wiedergegeben. Das durfte jetzt nicht alles aus und vorbei sein.

Undeutlich nahm er das Schlagen einer Tür war, aber er achtete nicht weiter darauf. Erst als er merkte, dass jemand direkt vor ihm stand, blickte er irritiert auf.

Es war Sonja und sie kam zögernd näher. Martin hatte keine Kraft mehr für Streitereien in diesem Moment absoluter Verzweiflung. Ruhig blickte er Sonja an, dann deutete er auf den Platz gegenüber.

Schweigend setzte sich Sonja. „Danke." Sie wirkte für ihre Verhältnisse ungewöhnlich zaghaft. „Kannst du auch nicht schlafen bei diesem Getöse?"

Martin antwortete nicht. „Irgendwo dort in dem Sturm ist Flo. Allein. Daran muss ich die ganze Zeit denken."

„Es tut mir Leid." Sonja schluckte. „Möchtest du alleine sein?"

„Schon okay."

Es fiel Sonja sichtlich schwer, ihrem Bruder in die Augen zu schauen. Von der sonst so coolen Frau war nichts mehr viel übrig. „Wenn ich das Gefühl habe, dass du mich hasst, bekomme ich solche Angst." Sie überlegte kurz, dann fügte sie flüsternd hinzu: „Ich habe niemanden mehr außer dir."

Martin erwiderte nichts darauf. Aber es war ihm anzumerken, dass er ihr nicht wirklich glaubte. Bei allem, was Sonja sagte, war Vorsicht geboten, das hatte sie ihm leider oft genug bewiesen.

Sonja schien seine Gedanken lesen zu können. „Du denkst, dass ich skrupellos bin. Vielleicht stimmt das auch manchmal. Aber eins musst du mir glauben: Ich möchte dir nicht wehtun."

Martin konnte sich ein bitteres Lachen nicht verkneifen. „Du tust es aber, weil du nicht akzeptieren kannst, dass ich Flo liebe. Wenn du dich damit nicht abfindest, verlierst du mich, das muss dir klar sein."

„Flo und ich – wir mögen uns nicht besonders. Und das wird sich auch nicht ändern."

„Dass wir zusammen sind, wird sich auch nicht ändern – niemals." Bei diesen Worten glitt sein Blick unwillkürlich zu den dicht verschlossenen Fenstern hinüber.

„Ich hoffe, wir finden sie noch rechtzeitig." Sonja nickte ihm aufmunternd zu und Martin lächelte schwach. Zum erstem Mal seit langer Zeit spürte er wieder so etwas wie Verbundenheit und Nähe zu seiner Schwester. Dafür war er ihr in dieser schwierigen Situation zum eigenen Erstaunen dankbar.

Ein eigennütziger Deal

Am nächsten Morgen hatte sich der Sturm gelegt und die Suche konnte weitergehen. Xenia war schon bereit zum Aufbruch, Martin würde sicherlich jeden Augenblick kommen. Johansen betrat die Eingangshalle des Hotels und ging auf Xenia zu. Sein Gesichtsausdruck ließ nichts Gutes ahnen. Er fühlte sich sichtlich unwohl in seiner Haut – bei diesem nicht gerade sensiblen Mann wollte das etwas heißen. Aber er druckste nicht lange herum, sondern brachte es direkt auf den Punkt. „Die Behörden haben die Suche abgeblasen. Es tut mir Leid."

Mit vielem hatte sie gerechnet, aber nicht damit. Entgeistert starrte Xenia den Mann an. Sie wollte etwas sagen, aber die Worte kamen nicht über ihre Lippen. Es war klar, was das bedeutete: Die Behörden glaubten nicht, dass Flo noch lebte.

In diesem Moment kam Martin in die Eingangshalle. Er wirkte übernächtigt und abgespannt, doch er steckte voller Tatendrang. „Entschuldigt die Verspätung – von mir aus können wir jetzt."

Xenia brachte es nicht fertig, ihm in die Augen zu schauen. Diese Nachricht musste sie zuerst selbst verdauen.

Johansen holte tief Luft. „Herr Wiebe, ich muss Ihnen etwas …"

Flo freut sich nicht nur auf den Fotojob in
Afrika, sondern auch über Martins Entschluss,
in wenigen Tagen nachzukommen.

Beduinen haben die schwer
verletzte Flo gefunden.

Während Flo versucht, sich zu
erinnern, was geschah ...

... suchen Xenia und Martin vergeblich nach ihr.

Als Sonja sie schließlich findet, hat Flo ihr Gedächtnis verloren.

Sonja redet Flo ein, dass sie verfolgt und bedroht wird.

Martin ist am Boden zerstört, als er
Flos Amulett überreicht bekommt.

Ende einer verzweifelten Suche: Martin und
Xenia glauben, dass sie an Flos Grab stehen.

Martin folgt einer Eingebung und
knotet Flos Schal an einen Baum.

Als hätte sie verstanden: Flo findet das Tuch.

Galopp in ein unbekanntes, neues Leben!

„Lassen Sie." Xenia ging zu Martin hinüber und nahm ihn beiseite. Es fiel ihr unendlich schwer, aber das war sie Martin und ihrer beider Freundschaft einfach schuldig, sie musste ihm selbst diese Nachricht überbringen.

Martin spürte sofort, dass etwas nicht stimmte. Sein Magen krampfte sich zusammen und er hatte das Gefühl, als schließe sich eine eisige Hand um sein Herz.

„Wir fahren heute nicht los. Die Behörden haben die Suche für beendet erklärt." Xenia sprach leise aber bestimmt. Ängstlich wartete sie auf Martins Reaktion – und die kam prompt.

„Soll das ein Witz sein? Die Suche ist erst beendet, wenn wir Flo gefunden haben. Wer ist für diese Entscheidung verantwortlich?" Zielstrebig wollte er auf Johansen losgehen, denn der war der erste, dem er so etwas zutraute. Doch Xenia hielt ihn sanft aber bestimmt am Arm fest. „Martin, bitte!"

„Wir müssen sie finden. Oder denkst du ..." Martin brachte es nicht über seine Lippen. Flo war nicht tot! Das durfte und das konnte nicht sein! Aber offenbar war Xenia der gleichen Meinung wie die Behörden. Martin war tief enttäuscht von ihr. Schließlich waren sei beide hierher gekommen, um alles nur Erdenkliche zu unternehmen, damit Flo lebend gefunden wurde.

Xenia war den Tränen nah. „Flo kann unmöglich noch am Leben sein." Was half es, sich etwas vorzumachen? Xenia hatte die Hoffnung aufgegeben – so sehr sie sich auch gewünscht hatte, etwas anderes glauben zu können.

Fassungslos starrte Martin sie an. Alle Farbe war aus seinem Gesicht gewichen. „Wie kannst du so etwas sagen?"

„Martin, Flo wird seit drei Tagen vermisst. Sie ist mitten

in der Sahara, in der Hitze, hat kein Wasser und dann der Sturm heute Nacht." Xenia musste sich anstrengen, damit ihr die Stimme nicht versagte. „Sie kann nicht mehr am Leben sein."

„Du hast sie aufgegeben!" Martin konnte es nicht glauben, er schrie sie fast an. Ließen ihn denn nun alle im Stich? – Aber egal, sollten sie doch! Er jedenfalls würde Flo nicht aufgeben. Vielleicht war sie ja gefunden worden und sie wussten es nur noch nicht. Diese Möglichkeit war nicht auszuschließen.

Inzwischen hatte auch Sonja die Hotelhalle betreten. Eigentlich hatte sie sich nur ein frisches Glas holen wollen, doch nun blieb sie wie angewurzelt stehen, denn sie hatte Martins letzte Worte mitangehört.

Xenia versuchte es noch einmal. „Martin, du verrennst dich da in etwas."

Auch wenn niemand sie um ihre Meinung gefragt hatte, nun konnte sich Sonja nicht mehr zurückhalten. Dies war die ideale Gelegenheit, sich auf Martins Seite zu schlagen und zwischen ihn und die ach so nette Xenia einen Keil zu treiben. Das würde sie sich nicht nehmen lassen, dafür wartete sie schon zu lange auf eine solche Chance. Sie baute sich vor Xenia auf und blickte sie provozierend an. „Es gibt keinen Beweis dafür, dass Flo tot ist."

Martin lächelte seine Schwester dankbar an. Wider Erwarten schien sie die einzige zu sein, die ihn verstand. Dabei hätte er Unterstützung von ihrer Seite wirklich zu aller Letzt erwartet.

„Wenn du jetzt aufgibst, wirst du dir den Rest deines Lebens vorwerfen, nicht alles getan zu haben. Du musst es versuchen." Sonja nickte ihrem Bruder aufmunternd zu.

Bisher hatte Johansen sich im Hintergrund gehalten, denn er hasste jede Art von Streitigkeiten und versuchte sich so gut wie möglich aus solchen Dingen heraus zu halten. Doch nun hatte er das Gefühl, etwas sagen zu müssen. Die Beendigung der Suche stand nicht zur Diskussion – sie war eine beschlossene und vollzogene Tatsache. „Die Suchmannschaften sind bereits aufgelöst und nach Hause geschickt worden." Er räusperte sich unbehaglich. „Tut mir Leid, dass wir nicht mehr tun konnten. Auf Wiedersehen."

Er wollte sich umdrehen und gehen, doch Sonja machte einen Satz und stellte sich ihm in den Weg. „Ihre Professionalität und ihr Durchhaltevermögen sind wirklich beeindruckend." Sie lachte höhnisch.

Vor Zorn lief Johansen rot an. Er würde sich von dieser arroganten Blondine, die ganz offensichtlich nicht die geringste Ahnung von der Wüste und den Bedingungen dort hatte, nicht sagen lassen, wie er seine Arbeit zu machen hatte. „Es ist unwahrscheinlich, dass Frau Spira den Sturm überlebt hat. Das Gebiet ist einfach zu groß. Der technische und finanzielle Aufwand lohnt sich nicht mehr." Er machte eine kurze Pause und funkelte sie angriffslustig an. „Deshalb haben die Behörden die Suche eingestellt und zwar zu Recht."

„Das ist nicht ihr Ernst! Die brechen die Suche ab, weil sie zu teuer ist?" Sonja warf Martin einen mitleidigen Blick zu. Es musste hart für ihn sein, das zu hören. Aber sie selbst war eigentlich nicht überrascht über diese Tatsache. Ging es nicht immer in erster Linie darum – um Geld?

Martins Gesichtsfarbe war noch eine Spur blasser geworden als sie ohnehin schon gewesen war. Er rang um Fassung. Hatte dieser Mann, an den er solche Hoffnungen geknüpft hatte, tatsächlich gesagt, es lohne sich nicht mehr?

Johansen jedoch merkte noch immer nicht, was er da von sich gegeben hatte. Es war die Wahrheit, nicht mehr und nicht weniger. Unbeirrt sprach er weiter: „Hören Sie, gute Frau. Wissen Sie, was so ein Suchtrupp am Tag kostet?"

Sonja schüttelte den Kopf. „Wie viel?"

„Dreitausend Dollar – mindestens."

„Gut. Warten Sie einen Moment." In Sachen Geld konnte man Sonja so schnell nichts vormachen. Sie drehte sich um und ging hocherhobenen Hauptes in ihr Zimmer.

Martin und Xenia wechselten einen fragenden Blick, schwiegen jedoch. Was hatte Sonja nun schon wieder vor?

Wenige Minuten später kehrte sie in die Hotelhalle zurück. Sie hatte ihre Handtasche dabei, öffnete sie kommentarlos und knallte ein Bündel Geldscheine auf die Empfangstheke. „Das sind zehntausend Dollar. Die Suche wird fortgesetzt."

Martin hätte am liebsten vor Freude laut aufgeschrien. Er war tief beeindruckt von Sonjas entschlossenem Handeln. Während er selbst wie betäubt gewesen war, hatte sie etwas unternommen. Martin war ihr unendlich dankbar dafür. Vielleicht hatte er ihr in der letzten Zeit doch Unrecht getan. Sicher, sie hatte seinen Pass verbrannt und so verhindert, dass er zusammen mit Flo nach Mauretanien fliegen konnte. Aber immerhin schien Sonja diesen Fehler ehrlich zu bedauern und nichts unversucht zu lassen, um ihn wieder gutzumachen. Martin war ehrlich beeindruckt.

Der Geist ist willig …

Endlich hatte das schreckliche Getöse um sie herum aufgehört, der Sandsturm war vorbei. Flo fühlte sich sehr erleichtert. Aber auch sonst ging es ihr allmählich besser. Sie fühlte sich nicht mehr so schwach wie an den Tagen zuvor. Offenbar war sie auf dem Wege der Besserung. Und schon kehrte auch die alte Ungeduld zu ihr zurück. Sie wollte nicht mehr länger in dem Zelt bleiben, wollte sehen, wie es draußen war. Schließlich lebte sie ja nicht in einem Gefängnis. Vorsichtig und sehr langsam stand sie auf und ging mit unsicheren Schritten los. Als sie vor dem Zelt stand, blinzelte sie in die Sonne und schaute sich neugierig um.

Die Beduinen versorgten gerade die Tiere und untersuchten die Zelte nach möglichen Sturmschäden. Selim und Siali waren auch dabei. Als sie Flo vor dem Zelt stehen sahen, eilten sie sofort auf sie zu. Ihre junge Patientin sollte sich auf gar keinen Fall überanstrengen.

„Wie geht es dir?" Siali hakte sich besorgt bei ihr unter, um sie zu stützen.

„Ich bin noch etwas schwach auf den Beinen, aber es geht schon wieder." Flo bemühte sich um ein zuversichtliches Lächeln, was ihr nur bedingt gelang. „Ich bin so froh, dass der Sturm endlich vorbei ist. Das war wirklich die Hölle."

Selim nickte zustimmend. „Wir hatten Glück – und den Beistand Allahs."

„Danke, dass ihr gestern zurück gekommen seid." Flo schluckte schwer. Sie wusste selbst nicht, warum ihr dieser Sandsturm solche Angst gemacht hatte.

„Wir konnten dich doch nicht allein lassen. Nicht in deinem Zustand." Die Beduinenfrau winkte ab. Aber es gab da noch etwas, was sie Flo sagen musste und sie hatte ein bisschen Angst davor, wie das Mädchen reagieren würde. Die junge Frau war ihr ans Herz gewachsen, doch es musste sein. Siali gab sich einen Ruck. „Wir ziehen heute weiter. Bist du stark genug, um mit uns zu kommen?"

Erschrocken riss Flo die Augen auf. Damit hatte sie nicht gerechnet. „Die ganze Karawane?" Erst ganz langsam wurde ihr bewusst, was das bedeutete. Entweder sie begleitete die Beduinen auf ihrer Reise durch die Wüste, oder aber sie blieb alleine – und mehr oder weniger hilflos – zurück. Hatte sie überhaupt eine Wahl? Flos Entschluss war schnell gefasst. „Das schaffe ich schon." Sie verdankte den beiden Beduinen ihr Leben, das war ihr durchaus bewusst. Flo vertraute Siali und Selim, bei ihnen wollte sie bleiben – wenigstens noch ein Weilchen. Und wo sollte sie schließlich auch hin? „Ich würde gerne mitkommen. Ihr reitet doch an Ouadane vorbei, oder?" Das war Flos letzte heimliche Hoffnung. In der Oase gab es vielleicht irgend jemanden, der sie suchte, der wusste, wer sie war. Jemanden, der ihre Erinnerung wecken konnte. Und dann musste sie auch diesen beiden lieben Menschen nicht mehr länger zur Last fallen. Und selbst wenn in der Oase niemand war, der sie kannte, so konnte Flo von dort aus bestimmt in die Hauptstadt gelangen und sich da an die Deutsche Botschaft wenden. Flo nahm erst Siali und dann Selim in den Arm und drückt sie liebevoll an sich. Tränen traten ihr in die Augen. „Vielen Dank für alles", flüsterte sie. Als Flo sich umdrehen und in das Zelt zurückgehen wollte, wurde ihr plötzlich schwindelig.

Mit einem einzigen schnellen Schritt war Selim hinter ihr und stützte sie mit seinen starken Armen. „Die Sonne ist nicht gut für dich. Komm, ich bringe dich ins Zelt zurück."

Siali blickte den beiden besorgt hinterher. Sie war sich nicht sicher, ob Flo den anstrengenden Ritt bis zur Oase schon bewältigen konnte. Sie machte sich große Sorgen. Vielleicht war es besser, wenn die Karawane zunächst ohne sie weiterzog und sie später sehr langsam hinterher ritten.

Nachdem Selim Flo ins Zelt zurückgebracht hatte und wieder nach draußen trat, nahm Siali ihren Mann beiseite und sprach mit ihm über diesen Gedanken. Er hörte ihr ernst zu und nickte dann. Gemeinsam gingen sie zu Flo zurück, die sich wieder auf ihrem Lager ausgestreckt hatte. Siali kramte etwas in einem Winkel des Zeltes herum, bis sie gefunden hatte, was sie suchte. Dann überreichte sie Flo mit einem stolzen Lächeln eine vollständige, frisch gewaschene Beduinenbekleidung.

Flo war gerührt. Dankbar nahm sie das Geschenk an, denn ihre eigenen Sachen waren ziemlich schmutzig. Siali half ihr beim Anlegen. „Du siehst jetzt aus wie eine richtige Wüstenprinzessin. Bei diesen Temperaturen ist dies besser als das, was du getragen hast, als wir dich gefunden haben." Sie half Flo beim Binden des Turbans. Dann betrachte sie ihr Werk und nickte stolz. „Wie eine echte Beduinenfrau. Es passt perfekt."

Noch etwas tapsig versuchte Flo aufzustehen – und es

gelang ihr schließlich auch. Trotzdem machte sie noch einen sehr geschwächten Eindruck.

„Zeig uns erst, ob du überhaupt schon reiten kannst. Wenn du stark genug bist, allein auf das Pferd zu kommen, brechen wir sofort auf. Sonst bleiben wir noch etwas hier, bis du dich besser fühlst. Keine Angst, wir lassen dich nicht alleine." Selim nahm ihre Hand und führte Flo vorsichtig zu den Pferden, die draußen schon gesattelte standen. Er blieb mit ihr vor dem kleinsten Pferd stehen. „Das ist Wüstenwind. Auf ihm kannst du reiten."

Tapfer versuchte Flo ihren Fuß in den Steigbügel zu schieben. Sie wollte den beiden nicht zur Last fallen. Wegen ihr hatten sie schon so viele Unannehmlichkeiten in Kauf genommen. Doch wieder wurde Flo schwindlig und sie geriet ins Taumeln. Selim fing sie auf und trug sie ins Zelt zurück. Ohne, dass Flo es bemerkte, warf er Siali einen viel sagenden Blick zu. Ihre Patientin war längst noch nicht so weit, reiten zu können, das stand fest. Sie war diesen Strapazen einfach nicht gewachsen.

Falsches Spiel

Stundenlang waren die vier in dem Gelände herumgefahren, in dem Flo irgendwo stecken musste. Bis zur völligen Erschöpfung hatten sie nach ihr gesucht. Nachdem er die Geldscheine eingepackt hatte, brauchte Johansen nicht mehr lange überredet zu werden. Er hatte sich wieder hinters Lenkrad gesetzt, die übrigen Suchmannschaften über Funk instruiert und dann war es losgegangen.

Diesmal war auch Sonja mitgekommen, um bei der Suche zu helfen. Immerhin hatte sie dafür auch genügend Geld hingelegt. Sie und Xenia hatten sich die ganze Zeit angeschwiegen. Es war unübersehbar, dass die beiden sich hassten, denn sie gaben sich keinerlei Mühe, dies zu verbergen.

Völlig erschöpft kamen sie am Abend wieder im Hotel an. Auch diesmal hatten sie nicht die geringste Spur von Flo entdeckt. Jedes einzelne Planquadrat waren sie gründlich abgefahren. Es war schon merkwürdig, dass sie nicht einmal den Fallschirm gefunden hatten. Aber natürlich war es möglich, dass der Sandsturm alle Spuren zugedeckt hatte.

Xenia ließ sich seufzend auf einen der Sessel im Foyer des Hotels fallen. „Was für ein Alptraum. Das alles kommt mir so sinnlos vor."

Sonja, die sich neben Xenia in einen Sessel gesetzt hatte, musterte sie kühl. „Wir wissen, dass Sie glauben, Flo ist tot. Aber müssen Sie uns das auch noch bei jeder Gelegenheit unter die Nase reiben?"

Martin achtete nicht auf die Streitereien zwischen den beiden Frauen. Es hatte ihm gut getan, wenigstens etwas unternehmen zu können, auch wenn es nicht das gewünschte Ergebnis gebracht hatte. Trotzdem zwang er sich, optimistisch zu bleiben. Sie würden jetzt ein Paar Schluck Wasser trinken – und dann ging es weiter. „Als nächstes suchen wir jetzt bei den Oasen und Siedlungen weiter. Es kann gut sein, dass Flo von Einheimischen gefunden wurde und längst in Sicherheit ist."

Johansen stand neben ihm und wirkte wenig überzeugt. Er goss sich ein Glas Wasser aus dem Krug ein, den ein Angestellter gebracht hatte und nahm einen großen Schluck. „In diesem Fall hätte man sie nach El Timrip gebracht. Oder nach Oualit. Beide Orte sind mit dem Geländewagen gut zu erreichen. Wenn wir die ganze Zeit durchfahren, müssten wir es heute Nacht noch schaffen."

Sonja wischte sich den Schweiß von der Stirn und wirkte ziemlich mitgenommen. Für heute hatte sie die Nase gestrichen voll der Sucherei. „Können wir nicht vorher ein paar Stunden ausruhen? Dieses Klima macht mich fertig." Theatralisch fuhr sich Sonja durch die sandigen Haare.

Doch weder Martin noch Xenia schenkten ihrem Vorschlag Beachtung. Auch Johansen drängte zum schnellen Aufbruch.

Je länger sie hier im Hotel blieben, desto schwieriger wurde es, sich wieder dort draußen auf den Weg zu machen.

Damit die Sache möglichst schnell erledigt war, beschlossen sie, sich zu trennen. Martin und Xenia sollten nach El Timrip fahren, Johansen nach Oualit. Und Sonja konnte dann unbesorgt im Hotel bleiben und ihren Schönheitsschlaf halten.

Natürlich hatte Sonja nicht schlafen können. Vielleicht war es nicht klug gewesen, Johansen alleine nach Oualit fahren zu lassen. Vielleicht hatte sie jetzt alle Pluspunkte, die sie bei Martin durch das Bezahlen der erneuten Suchaktion errungen hatte, schon wieder verspielt. Sie saß gerade beim Frühstück und versuchte, sich mit angenehmeren Gedanken zu beschäftigen, als Johansen aufgeregt in die Hotelhalle gelaufen kam. Er lief schnurstracks auf Sonja zu, die ihre Überraschung nicht verbarg. „Wieso sind Sie denn hier? Ich habe Sie doch dafür bezahlt, dass Sie nach Oualit fahren."

Ohne auf diese Provokation einzugehen, setzte sich Johansen auf den freien Sessel neben Sonja. „Es gibt Neuigkeiten. Bis jetzt ist es nur ein Gerücht, aber ich wollte es Ihnen gleich sagen."

Sofort wurde Sonja hellhörig. „Was denn für ein Gerücht?"

„Ich habe mit einem der Beduinen gesprochen und der will gehört haben, dass in der Wüste eine weiße Frau gefunden wurde."

„Tot?"

„Sie lebt und wurde von den Beduinen aufgenommen."

Sonjas Augen weiteten sich vor Erstaunen. Es kam nicht oft vor, dass sie sprachlos war, aber in diesem Moment war sie es tatsächlich. Zwar hatte sie Martin gegenüber so getan, als glaubte sie daran, dass Flo noch lebte, oder zumindest, dass eine Chance dafür bestand. Aber in Wirklichkeit hatte sie es für völlig ausgeschlossen gehalten. Und nun konnte sie gar nicht genau sagen, ob sie sich über diese Nachricht freute oder nicht. Würde sie ihren Bruder an Flo verlieren, wenn sie erst wieder bei ihm war? Sonja spürte, wie die Eifersucht ihr einen schmerzhaften Stich versetzte. Nein, sie freute sich nicht, dass Flo noch lebte! Niemals würde sie aufhören, Flo dafür zu hassen, dass sie ihr den Bruder weggenommen hatte und sie selbst nicht mehr die Nummer eins in seinem Leben war.

Johansen zog nachdenklich die Stirn in Falten. „Ob es sich tatsächlich um Frau Spira handelt, kann ich natürlich nicht beurteilen. Falls es überhaupt stimmt." Er wollte nicht, dass sich Sonja falsche Hoffnungen machte. Von ihren wahren Gedanken ahnte er nichts.

Sonja sprang auf und suchte eilig ihre Sachen zusammen. „Wir fahren sofort hin. Worauf warten Sie noch?"

Nun begann Johansen aber doch ärgerlich zu werden. Der schnippische Ton dieser Dame ging ihm gewaltig auf die Nerven. Immer schien sie zu glauben, dass alle nur nach ihrer Pfeife tanzen mussten. „Ich warte auf eine Nachricht ihres Bruders. Im Moment ist er leider nicht zu erreichen", erwiderte er kühl. „Herr Wiebe will sicherlich dabei sein, wenn wir die Nachricht überprüfen."

Damit hatte er natürlich Recht, das konnte auch Sonja nicht abstreiten. In diesem Moment knackte das Funkgerät in Johansens Jackentasche und eine ihnen beiden wohl bekannte Stimme war zu hören. „Johansen? Hier ist Wiebe. Hören Sie mich? Anscheinend waren wir in einem Funkloch. Gibt es etwas Neues?" Martin hörte sich unendlich weit weg an und seine Worte waren nur schwer zu verstehen.

Bevor Johansen zu seinem Funkgerät greifen konnte, schnappte Sonja sich dieses. Hektisch drückte sie auf den Knöpfen herum. „Martin? Hier ist Sonja. Ich fühle mich wieder besser, es ist alles in Ordnung. Ich bin jetzt mit Johansen unterwegs. Sobald wir etwas erfahren, melde ich mich." Eilig schaltete sie das Funkgerät wieder aus, damit Johansen nicht auf die Idee kam, die Sache richtig zu stellen.

Ziemlich entgeistert starrte er sie an. „Was soll das denn? Warum haben Sie ihn nicht informiert." Er merkte, wie die Wut in ihm aufstieg. Schließlich war er, Johansen, es gewesen, der die ganze Arbeit gehabt hatte! Er war zur Oase gefahren und hatte das Gerücht von der weißen Frau gehört, die von den Beduinen in der Wüste gefunden worden war. Nun wollte er auch die Lorbeeren für seine Bemühungen ernten. Was führte Sonja Wiebe im Schilde, dass sie solche rätselhaften Spielchen veranstaltete? Er nahm sich vor, auf der Hut zu sein vor dieser Frau. Es schien nicht günstig, ihr immer alles zu sagen, was man wusste.

Mit ihrem unschuldigsten Augenaufschlag lächelte Sonja Johansen an. „Wir dürfen Martin keine falschen Hoffnungen machen. Falls die Meldung gar nicht stimmt, würde er die Enttäuschung nicht verkraften. Ich möchte, dass wir erst mal zu zweit dort hinfahren und nachsehen, ob es sich wirklich um Flo Spira handelt."

Johansen betrachtete sie skeptisch. Die Rolle der besorgten, liebevollen Schwester spielte sie gut, doch nach allem, was er bisher von ihr mitbekommen hatte, zweifelte er an der Echtheit ihrer Gefühle. Johansen war ein guter Menschenkenner. So leicht war er nicht hinters Licht zu führen. Und er mochte es gar nicht, wenn man versuchte, ihm etwas vorzumachen.

Gleich und gleich gesellt sich gern

Erschöpft und völlig übernächtigt kamen Martin und Xenia ins Hotel zurück. Xenia sah blass aus und hatte dunkle Ränder unter den Augen. „Viele Möglichkeiten gibt es nicht mehr. Ich habe so gehofft, dass wir sie in El Timrip finden."

Martin fuhr sich über sein unrasiertes Kinn. Er war nervös, weil er seit dem letzten Funkspruch nichts mehr von Johansen gehört hatte. Er hoffte, dass sie vielleicht etwas herausgefunden hatten.

Xenia betrachtete ihn mitleidig. Seit sie in Mauretanien angekommen waren, hatte er kaum etwas gegessen, sein Gesicht wirkte kantiger als zuvor. Martin hatte sich verändert, denn er fand einfach keine Ruhe mehr. Er erinnerte Xenia zunehmend an ein gehetztes, wildes Tier, das Angst hat, gefressen zu werden, wenn es stehen bleibt. Die Sorge um Flo ließ ihn keinen Augenblick los. Vielleicht war es besser, wenn er versuchte, sich mit der Wahrheit abzufinden. Sie hatte ihre Kusine verloren – das stand für Xenia fest.

Dabei hatte Flo noch so viele Pläne gehabt. Pläne, von denen Martin zum Teil noch gar nichts wusste. Von Xenia würde er sie auch nicht erfahren, denn das würde für ihn alles nur noch schlimmer machen. Kurz vor Flos Abreise nach Mauretanien war Xenia in die Wohnung gekommen und hatte Flo dabei angetroffen, wie sie gerade eine Überraschung für Martin vorbereitete. Dabei hatte sie sich schon königlich auf sein überraschtes Gesicht gefreut.

Xenia war fast ein bisschen neidisch auf das Glück der beiden gewesen. Weder Flo noch Martin konnten es auch nur einen Tag ohne den anderen aushalten. Aber natürlich freute sich Xenia für die beiden Turteltäubchen. Lange Zeit hatte es nach Andys Tod so ausgesehen, als könne es in Flos Leben nicht noch einmal einen anderen Mann geben. Doch dann war sie Martin begegnet und alles hatte sich schlagartig geändert. Die beiden hatten sich Hals über Kopf ineinander verliebt. Xenia hatte noch gescherzt, dass es bestimmt nicht mehr lange dauern würde, bis sie heirateten. Flo hatte versonnen gelächelt und ihr dann ein Geheimnis verraten. Sie wollte Martin einen Heiratsantrag machen! Flo war schon immer für unkonventionelle Ideen zu haben gewesen. Schließlich lebten sie nicht mehr im Mittelalter – das waren ihre Worte gewesen. Und Martin war der Mann, mit dem sie ihr Leben verbringen wollte. Xenia hatte sie für diese Entschlossenheit bewundert. Flo war wirklich ein Mensch, der die Dinge in die Hand nahm und auch bereit war, etwas zu riskieren. Sie wusste sogar schon, wo und wie sie heiraten würden. Hier in Mauretanien wollte sie Martin mit der Feier überraschen. Alles sollte ganz anders sein als bei ihrer Hochzeit mit Andy. Statt einer Kirche konnte doch auch ein Beduinenzelt ein schöner Ort sein, um ‚Ja‘ zu sagen! Xenia hatte Flo versprechen müssen, dass sie Martin nichts verriet und natürlich hatte sie das auch nicht getan.

Der Arme litt auch so schon genug. Xenia seufzte und

ließ traurig den Kopf hängen. Flo fehlte ihr so sehr. Niemals würde sie aufhören, sie zu vermissen.

Was aber Sonja anging, so fragte sich Xenia, warum sie einfach hier aufgetaucht war und jetzt die mitfühlende Schwester spielte. Xenia hatte noch nie erlebt, dass Sonja irgend etwas tat, ohne sich einen Vorteil davon zu versprechen. Außerdem hatten Sonja und Flo sich nie ausstehen können. Wieso sollte sich das jetzt plötzlich geändert haben? Aber offenbar hatte es Sonja wieder einmal geschafft, Martin Sand in die Augen zu streuen. Die Sache mit den Geldscheinen, die sie auf den Tisch geblättert hatte und mit denen sie eine weitere Suchaktion ermöglicht hatte, war wirklich eine eindrucksvolle Nummer gewesen. Martin fiel aber auch immer wieder auf die billigen Tricks seiner Schwester herein.

Die Sonne brannte erbarmungslos auf sie nieder. Sonja wischte sich erschöpft den Schweiß von der Stirn. Sie hatte das Gefühl, dass ihre Sachen an ihr klebten. Nur weil dieser dämliche Johansen sich verfahren hatte, waren sie noch immer nicht in Ouadane angekommen. Sonja war sichtlich genervt. „Diese Hitze bringt mich noch um. Konnte die blöde Kuh nicht woanders abstürzen?"

Johansen, der gerade noch einen Blick auf die Karte geworfen hatte, schaute verwundert auf. „Ich dachte, sie sind froh, dass wir endlich einen konkreten Hinweis haben?"

Sonja macht eine wegwerfende Handbewegung. „Flo ist schuld daran, dass ich mich diesen Strapazen aussetzen muss." Sie lachte böse und ließ ihren Blick über die bis zum Horizont reichenden Sanddünen gleiten. „Von mir aus könnte sie für immer in der Wüste bleiben. Hier könnte sie ihre Prinzessinnenallüren voll ausleben ohne irgend jemanden zu stören."

Er hatte mit seiner Einschätzung also gar nicht so falsch gelegen. Johansen konnte sich ein leises Schmunzeln nicht verkneifen. Diese junge Dame war mit Vorsicht zu genießen. Da schien einiges im Argen zu liegen. Johansens Neugierde war geweckt. „Wenn Sie Frau Spira so wenig mögen, warum unternehmen Sie dann so viel, um sie zu finden?"

Sonja gab sich keine Mühe mehr, die Maske der uneigennützigen Schwester noch länger aufrecht zu erhalten und ließ sie für einen kurzen Moment völlig fallen. „Weil mein Bruder sie liebt und heiraten will. Und Martin ist für mich nun mal der wichtigste Mensch auf der Welt." Warum sollte sie Johansen gegenüber die Dinge nicht beim Namen nennen. Er war mit Sicherheit auch kein Unschuldslamm, dafür hatte sie ein sicheres Gespür.

Langsam ging Johansen ein Licht auf. „Verstehe. Wenn Sie seine Verlobte aufspüren, ist er Ihnen für immer dankbar." Das triumphierende Lächeln, das über Sonjas Gesicht huschte, entging ihm nicht.

Doch nun bemerkte Sonja, dass sie vielleicht doch ein bisschen zu viel ausgeplaudert hatte. Es war nicht gut, wenn Johansen zu viel wusste. Die Sonne schien ihr wohl zu Kopf gestiegen zu sein.

Kurze Zeit später mitten in der Wüste: Flo fühlte sich stark genug für den anstrengenden Ritt bis zur Oase. Selim und Siali standen neben ihr, falls sie Hilfe brauchen würde. Das Pferd scharrte ungeduldig mit den Hufen, war aber sonst ein sehr liebes Tier – das hatten ihr die beiden Beduinen versichert. Entschlossen griff Flo nach dem Sattelknauf und versuchte aufzusteigen. Sie wollte sich gerade nach oben ziehen, als sie einen Geländewagen bemerkte, der noch einige hundert Meter von ihnen entfernt war, aber eindeutig in ihre Richtung fuhr. Verwundert hielt Flo mitten in der Bewegung inne und auch die beiden Beduinen wendeten die Köpfe. Es kam nicht oft vor, dass man in der Wüste auf andere Menschen traf – und schon gar nicht auf Menschen, die in einem solchen Gefährt unterwegs waren. Als der Wagen abrupt anhielt, wirbelte er eine gewaltige Sandwolke auf. Erst als diese sich langsam wieder auflöste, sahen Flo und die beiden Beduinen, dass zwei Menschen aus dem Jeep ausgestiegen waren und schnellen Schrittes auf sie zukamen.

Ein Blick genügte und Sonja erkannte Flo. „Sie ist es", zischte sie Johansen zu und setzte dann ein betont erleichtertes Lächeln auf. „Flo! Endlich haben wir dich gefunden! Was für ein Glück!"

Flo kniff die Augen zusammen und versuchte, die Frau besser zu erkennen. Sie konnte sich nicht erinnern, sie schon einmal in ihrem Leben gesehen zu haben. Wie hatte sie sie genannt? Hilfe suchend griff sie nach Sialis Hand, die neben ihr stand. „Sie kennen mich?"

Sonja stand jetzt unmittelbar vor ihr, während sich Johansen etwas im Hintergrund hielt. Sie starrte Flo irritiert an, irgend etwas schien mit ihr nicht zu stimmen. „Flo? Was ist denn los?"

Da war er wieder – dieser Name. Flo schluckte, ihr Hals war plötzlich ganz trocken und sie spürte, wie ihr schwindelig wurde. „Sie kennen mich?"

Sonja lachte überreizt. „Ja, natürlich. Was ist denn das

für eine Frage?" Wollte sich Flo einen Scherz mit ihr erlauben?

Doch eigentlich sah sie nicht so aus, als sei sie dazu in der Verfassung, denn sie schwankte und geriet ins Taumeln. Tränen schossen ihr in die Augen. „Endlich!", stammelte sie.

„Was ist mit ihr?" Sonja kam das Ganze ausgesprochen merkwürdig vor. „Hat sie irgendein Problem?" Fragend blickte sie die beiden Beduinen an.

Selim nickte ernst. „Sie ist mit dem Flugzeug abgestürzt und hat das Gedächtnis verloren. Sie weiß nicht, wer sie ist." Mit seinen großen dunklen Augen betrachtete er Sonja prüfend.

Damit hatte Sonja nicht gerechnet, ihr Mund klappte auf, doch sie sagte nichts. Sie brauchte einen Augenblick bis sie die Neuigkeit verarbeitet hatte und begriff, was das bedeutete. Und in der Tat ergaben sich daraus eine Vielzahl an neuen Möglichkeiten. In ihrem Kopf ratterte es. Wie konnte sie die neue Situation am besten für sich ausnützen? Sie drehte sich zu Johansen um, der sich sichtlich unwohl fühlte.

Er hatte nicht das geringste Interesse, bei gefühlsduseligen Zusammenkünften zugegen zu sein. Johansen hatte seinen Job erfüllt und nun wollte er seine Ruhe haben, das war ihm deutlich anzumerken.

Sonja war das ausgesprochen recht. Ihren Interessen kam es entgegen, wenn Johansen nicht alles mitbekam. Wenn sie ihn brauchte, würde sie ihn schon holen, aber fürs Erste konnte er sich gerne in den Geländewagen zurückziehen.

Als die beiden Beduinen Sonja und Johansen einluden,

sich in ihrem Zelt als Gäste willkommen zu fühlen, schüttelte Sonja entschieden den Kopf. „Es wird nicht nötig sein, dass wir beide hineingehen."

Johansen verstand den Wink und lehnte die Einladung dankend ab. Die einzige Bitte, die er äußerte, war die, eine Karaffe Wasser zu bekommen. Siali lief sofort los, um sie ihm zu holen. Johansen nahm sie entgegen, drehte sich um und ging zum Wagen zurück. Wenn er etwas getrunken hatte, würde er erst einmal ein kleines Nickerchen machen. In den letzten Tagen hatte er wegen dieser unglückseligen Suchaktion wahrlich wenig genug Schlaf bekommen.

Sonja hingegen ging mit Flo und den beiden Beduinen in das Zelt hinein. Bis jetzt lief ja alles wie am Schnürchen.

Ein teuflischer Plan

Zusammen mit Flo ließ sie sich in einer Ecke des Zeltes nieder. Selim und Siali setzten sich auch zu ihnen, servierten ihnen aber vorher noch einen Tee.

„Flo verdankt Ihnen ihr Leben. Ohne Sie wäre sie sicher verdurstet." Diese Beduinen hatten eine Menge für Flo getan, das musste sogar Sonja anerkennen. Warum sie das alles auf sich genommen hatten, konnte sie allerdings nicht nachvollziehen.

Selim senkte bescheiden den Kopf. „Allah hat es so gewollt."

In Sonjas Kopf nahm eine Idee Gestalt an, die sie aber noch nicht ganz zu Ende zu denken wagte. Unter gewissen Umständen würde es funktionieren … und dann würde sie Martin endlich wieder ganz für sich haben. „Und sie kann sich wirklich an nichts erinnern? Keine Namen, keine Gesichter? Gar nichts?"

Selim schüttelte den Kopf. „Deswegen war sie so verzweifelt."

Flos Stimme war sehr leise als sie zu sprechen begann. „Es tut mir Leid. Ich bin noch sehr schwach von dem Absturz. Sie müssen mir alles sagen. Wer ich bin und wo ich herkomme. Ist Flo mein richtiger Name?"

„Das ist eine Abkürzung. Du heißt richtig Florentine Spirandelli di Montalban." Es war nicht zu fassen. Sonja konnte es kaum glauben. Entweder Flo legte hier eine erstklassige Vorstellung hin – oder sie wusste tatsächlich nichts mehr. Hier saß Flo nun ihrer erklärten Erzfeindin gegenüber und hatte keine Ahnung davon. Es war schon irgendwie komisch. Sozusagen ganz nach Sonjas Geschmack. Diese Flo hier stellte für sie keine Gefahr mehr dar, sie würde sie in ihre Pläne einspannen können, wie sie wollte. Flo würde nichts davon merken.

Nachdenklich legte Flo die Stirn in Falten. Sie zermarterte sich ihr Gehirn, aber so sehr sie sich auch bemühte, da war nichts, was sie aus dem Dunkel ans Licht holen konnte. Traurig schüttelte sie den Kopf. „Das sagt mir überhaupt nichts. Habe ich eine Familie? Und wieso haben Sie nach mir gesucht? Waren wir beide zusammen unterwegs?" Da waren Fragen über Fragen und so wenige Antworten.

„Immer schön eins nach dem anderen." Sonja lächelte Flo betont liebenswürdig an. „Lass zuerst einmal dieses förmliche ‚Sie'. Dazu kennen wir uns schon zu lange."

Flo wurde vor Verlegenheit rot und senkte den Blick. „Entschuldige."

„Kannst du sich nicht mal mehr an einzelne Personen erinnern? Auch nicht an Martin?"

Flo blickte sie verständnislos an. Dann fiel ihr das Amulett ein, das sie um den Hals trug. Flo nahm es ab und betrachtete es. Sie hatte sich nicht geirrt, dort waren ein ‚F' und ein ‚M' eingraviert.

„Du bist mit ihm verlobt. Und er ist auf der Suche nach dir."

Ein Lächeln glitt über Flos Gesicht. Es gab also noch jemanden, der hier in Mauretanien war und der ihr vielleicht weiterhelfen konnte. Wenn dieser Martin ihr Verlobter war, dann hatte sie ihn doch geliebt. Bestimmt würde die Erinnerung zurückkehren, wenn sie ihn erst sah. „Das ist ja schön. Dann fahren wir in Ihrem, – ähm, in deinem Wagen sofort zu ihm."

Gespielt mitleidig und ein bisschen zerknirscht rutschte Sonja auf ihrem Kissen umher, als fiele es ihr schwer, die folgenden Worte über ihre Lippen zu bringen. „Nun, das ist keine so gute Idee." Sie legte eine gekonnte Pause ein und blickte Flo dann direkt in die Augen. Sonja wollte sehen wie sie reagierte, wollte ihre Angst und ihre Qual sehen. „Er sucht nicht nach dir, weil er dich liebt, sondern um dich zu töten."

Flo wurde blass. Sie spürte, wie ihr wieder schwindelig wurde. Wieso hasste dieser Mann sie? Sie hatte geglaubt, ihr Leben noch einmal mit knapper Not gerettet zu haben, und nun erzählte ihr die Frau, die sich Sonja nannte, dass es schon wieder – oder immer noch – in Gefahr war? Flo wurde schwarz vor Augen.

Wenige Minuten später kam sie wieder zu sich und fand sich in den starken Armen von Selim wieder. Sonja wedelte ihr Luft zu. Mühsam rang Flo um Fassung. Natürlich wollte sie mehr über Martin wissen und über seinen angeblichen Plan, sie umzubringen.

Sonja spielt die verständnisvolle Freundin recht gut. „Du hast nur überlebt, weil der Pilot dich noch rechtzeitig abspringen ließ. Martin hatte nicht damit gerechnet, dass Fallschirme an Bord waren. Und Martin hatte den Motor manipuliert." Das klang doch sehr schön böse. Sonja war stolz auf die Geschichte, die sie sich da auf die Schnelle ausgedacht hatte.

„Ich sollte mitten in der Wüste sterben?" Flo erschauderte. Hilfe suchend blickte sie Siali und Selim an. Diesen beiden lieben Menschen jedenfalls konnte sie blind vertrauen, das wusste sie und dafür war Flo unendlich dankbar. Bei ihnen fühlte sie sich sicher.

Sonja spürte, wie erschüttert Flo war. Die Sache entwickelte sich genauso, wie sie gehofft hatte. Jetzt würde sie Flo und Martin entgültig auseinander bringen, dafür war sie bereit zu lügen, dass sich die Balken bogen. „Weil Martin gehört hat, dass das abgestürzte Flugzeug leer aufgefunden wurde, sucht er jetzt nach dir, um dich endlich zu beseitigen."

„Warum?" Flo sprach sehr leise und die Worte kamen ihr nur schwer über die Lippen. „Was habe ich ihm denn getan, dass er mich umbringen will?"

Mit Genugtuung und wachsender Freude spann Sonja den Faden ihrer Lügengeschichte weiter. „Er ist scharf auf dein Geld. Du bist ziemlich wohlhabend und Martin ist eher ein armer Schlucker."

Die beiden Beduinen hatten dem Gespräch der beiden bisher schweigend zugehört. Ihnen gefiel diese Sonja nicht. Sie konnten zwar nicht sagen, woran das lag, aber irgend etwas war falsch an ihr. Die beiden spürten das, doch immerhin kannte sie Flo offenbar, deshalb hielten sie sich zurück. Aber wenn Flos Leben wirklich in Gefahr war, dann musste man etwas unternehmen. „Warum gehen Sie nicht zur Polizei? Die wird doch etwas tun können gegen diesen Mann."

Entschieden schüttelte Sonja den Kopf. Es passte ihr gar nicht, dass sich jetzt auch noch diese beiden in das Gespräch einmischten. Sie hatte extra leise gesprochen, in der Hoffnung, dass Selim und Siali, die ohnehin nur gebrochen Deutsch sprachen, nicht jedes Wort verstehen würden. Doch nun war sie offenbar gezwungen, noch ein bisschen an Dramatik nachzulegen. „Martin gehört zu einem großen Verbrechersyndikat. Die würden sich auf jeden Fall rächen, wenn man ihn verpfeift." Und zu Flo gerichtet fuhr sie eindringlich fort. „Dann wären wir beide so gut wie tot."

Flo stieß einen erstickten Schrei aus. „Dann riskierst du für mich dein Leben!" Das war alles zu viel für sie. Vielleicht war es ein Fehler, dass sie versuchte, sich an ihre Vergangenheit zu erinnern. Es schien nichts als Probleme mit sich zu bringen. Vielleicht sollte sie lieber mit allem, was gewesen war, abschließen und sich ganz auf die Zukunft konzentrieren. Flo konnte nicht mehr anders, sie fing an zu schluchzen. Die Tränen rannen ihr in Strömen über die Wangen.

Sonja stand auf und nahm Flo tröstend in die Arme. „Martin ist zwar mein Bruder, aber wir beide sind schon seit einer Ewigkeit die allerbesten Freundinnen. Ich lasse nicht zu, dass er dir etwas antut." Jetzt konnte sie alles mit Flo machen, was sie wollte. Die würde tun, was sie ihr sagte, da war sich Sonja sicher. Mit einem Kopfnicken bedeutete sie Selim und Siali das Zelt zu verlassen und sie mit Flo alleine zu lassen.

Die beiden Beduinen lächelten verständnisvoll und gingen leise hinaus. Sonja rückte näher an Flo heran. Ihr Mund war ganz dicht an Flos Ohr. „Wenn du am Leben bleiben möchtest, darf Martin dich auf keinen Fall finden. Verstehst du?" Ihr Stimme klang eindringlich.

Doch Flo reagierte anders, als Sonja sich das gedacht

hatte. Sie klammerte sich an eine vage Hoffnung. „Vielleicht hat er es sich ja inzwischen anders überlegt. Immerhin bin ich seine Verlobte!"

Diesen unerschütterlichen Optimismus hatte Sonja schon immer an Flo gehasst. Was musste man ihr denn noch erzählen, damit sie endlich aufgab und sich von Sonja aufhetzen ließ? Flo hatte schon immer ihren eigenen Kopf gehabt. Eine ausgesprochen merkwürdige Art und Weise, die Dinge zu sehen – das jedenfalls fand Sonja. Was musste noch geschehen, damit sie Martin endlich hasste? Und dabei hatte sie sich eine so dramatische Geschichte ausgedacht. Sonja spürte, wie Zorn in ihr aufstieg.

Noch immer hielt Flo das Amulett in ihrer Hand fest umklammert. „Hat er mir das geschenkt?"

Sonja zögerte. „Ich denke schon."

Fast zärtlich strich Flo mit der Hand darüber. So etwas schenkte man nicht jedem x-beliebigen Menschen. Er musste sie auch einmal geliebt haben.

Sonja lachte böse. „Martin hatte schon immer eine Vorliebe für Schmuck. Als Juwelendieb kennt er sich gut damit aus."

„Er ist ein …?" Flo starrte Sonja ungläubig an.

„Und vorbestraft noch dazu." Sonja atmete auf. Endlich schien Flo die Ausweglosigkeit ihrer Situation klar zu werden. „Ich sehe nur eine Möglichkeit. Du musst bei den Beduinen bleiben und dir unter einem anderen Namen eine neue Existenz schaffen."

„Habe ich keine Familie, zu der ich gehen kann?"

Sonja schüttelte den Kopf. „Deine Eltern sind schon lange tot. Geschwister hast du nicht."

Traurig ließ Flo den Kopf hängen. Was Sonja da vorschlug, hörte sich eigentlich ganz vernünftig an, aber aus irgendeinem Grund hatte sie trotzdem kein gutes Gefühl dabei. Es musste doch noch ein paar Menschen geben, denen sie etwas bedeutet hatte – nicht nur Sonja. Und vielleicht war ja nicht alles so schlimm wie es sich anhörte. Wenn es ihr nur gelingen würde, sich zu erinnern und mit Martin zu reden. Vielleicht war alles nur ein großes Missverständnis. Sie konnte doch nicht einfach ihre ganze Identität, alles, was ihr etwas bedeutete hatte, aufgeben – einschließlich der Hoffnung, sich noch einmal wirklich an die Vergangenheit zu erinnern. Vielleicht war nicht alles so, wie Sonja es erzählte. Wie sollte sie das wissen? Aber Flo wagte nicht, etwas zu sagen, denn sie wollte sich nicht mit dieser Frau streiten.

„Ich muss jetzt gehen, bevor Martin Verdacht schöpft, weil ich so lange weg bin." Sonja begann allmählich unruhig zu werden.

„Und du meinst wirklich, ich kann nicht mit dir zurück?"

„Das wäre dein Todesurteil." Abrupt stand Sonja auf.

Tapfer nickte Flo. „Ich werde dich vermissen", flüsterte sie und erhob sich ebenfalls, um sich von Sonja zu verabschieden. Mit unsicheren Schritten ging sie auf Sonja zu und drückte sie an sich.

Steif ließ Sonja die Umarmung über sich ergehen, löste sich dann aber schnell daraus. Was tat man nicht alles, um sein Ziel zu erreichen? Sie seufzte still. „Und jetzt gib mir das Amulett."

Verständnislos blickte Flo sie an.

„Du musst alles Spuren verwischen, die darauf hindeuten, wo du bist und wer du bist. Das Amulett kann dich verraten."

Flo hielt das Schmuckstück noch immer fest umklammert. Nun öffnete sie die Hand und betrachtete es unschlüssig. Das Amulett war die letzte Verbindung zu ihrer Vergangenheit. Es fiel ihr schwer, sich davon zu trennen. Wenn sie es Sonja gab, dann war auch ihre letzte Chance auf einen Weg zurück in ihr altes Leben verbaut. Flo gab sich einen Ruck. Welche Alternative hatte sie schließlich? Sie musste Sonja vertrauen, warum hätte sie sie schließlich anlügen sollen. Sie drückte Sonja den Anhänger in die Hand. „Ich hoffe, ich kann mich irgendwann für deine Hilfe revanchieren. Wir sehen uns bestimmt irgendwann wieder. Jedenfalls wünsche ich mir das."

„Das wünsche ich mir auch." Ohne Zögern kamen diese Worte über Sonjas Lippen, obwohl ein Wiedersehen mit Flo wirklich das Letzte war, was sie sich wünschte. Endlich hatte sie sich ihrer lästigen und überaus hartnäckigen Rivalin entledigt. Nun würde sie Martin wieder ganz für sich alleine haben und musste seine Liebe mit niemandem mehr teilen. Doch nun nichts wie weg hier, bevor Flo es sich noch anders überlegte. Sonja nickte Siali und Selim zum Abschied noch einmal kurz zu, dann eilte sie mit großen Schritten zum Geländewagen zurück.

Schweigegeld

Johansen schlief den Schlaf des Gerechten, sein Schnarchen war nicht zu überhören. Unsanft rüttelte Sonja ihn wach. Zu dumm, dass sie sich mit diesem ungehobelten Kerl abgeben musste.

Johansen war überrascht, dass Sonja alleine war. Schließlich waren sie die weite Strecke doch extra gefahren, um die junge Frau zu finden. Jetzt war es ihnen endlich geglückt. Und nun wollte sie hier in dieser endlosen Wüste bleiben statt zu ihrem Verlobten und ihren Freundinnen zurückzukehren. Das kam ihm mehr als merkwürdig vor. Misstrauisch musterte er Sonja. „Sind sie sicher, dass Sie Frau Spira bei den Beduinen lassen wollen?

„Das sagte ich bereits." Wieso konnte sich dieser Mann nicht um seine eigenen Angelegenheiten kümmern. Er fing an, ihr gewaltig auf die Nerven zu gehen.

Doch Johansen hakte weiter nach. „Und Herr Wiebe soll nichts davon erfahren?"

„Flo hat Probleme mit ihm und will ihn deshalb nicht mehr sehen. Was ist daran so schwer zu verstehen?" Angriffslustig funkelte Sonja ihn an. Wie lange wollte der Mann ihr noch ein Gespräch aufdrängen, bevor er endlich losfuhr? Ihre Geduld war bald am Ende. Dann würde sie eine andere Tonart anschlagen müssen.

Die ganze Sache kam Johansen immer seltsamer vor. Während des Fluges hatte Flo ihm noch von ihrer bevorstehenden Hochzeit vorgeschwärmt. Und jetzt wollte sie von ihrem Zukünftigen nichts mehr wissen? Das konnte er sich nicht vorstellen. Welches Spiel trieb diese Sonja mit ihm? Aber so einfach ließ er sich nicht für dumm verkaufen. „Das klingt alles ziemlich fadenscheinig. Finden Sie nicht auch?" Sein Tonfall war scheinbar liebenswürdig und betont harmlos. Was Sonja konnte, das konnte er auch. Er lauerte auf ihre Antwort.

Sonja entging das verschlagene Blitzen in seinen Augen nicht. Offenbar hatte sie ihn unterschätzt, sie schien es mit einem ebenbürtigen Gegner zu tun zu haben. Da sich Johansen aber nicht ohne weiteres hinters Licht führen ließ, war es vielleicht das Beste, wenn sie ihn einweihte. „Nun gut, wenn Sie es genau wissen wollen: Flo kann sich an Martin nicht mehr erinnern Und auch sonst an nichts."

Johansen stieß einen lauten Pfiff aus. „Sie hat eine Amnesie?"

„Nun die Landung mit dem Fallschirm muss wohl etwas härter gewesen sein." Sonja lachte sarkastisch. „Sie weiß nicht mal mehr, wie sie heißt."

Für Johansen machte die ganze Geschichte immer noch keinen Sinn. „Was soll sie dann in der Wüste? Und warum soll Herr Wiebe nichts davon erfahren?" Einen Menschen, der so hilflos war, überließ man nicht einfach seinem Schicksal, schon gar nicht hier in Mauretanien. In Europa gab es schließlich mittlerweile zahlreiche Methoden, wie man die Erinnerung in einem solchen Fall wieder zurückholen konnte. Es gelang zwar nicht immer, aber die Chancen standen in der Regel gar nicht mal so schlecht.

Für einen kurzen Augenblick schloss Sonja die Augen. Sie durfte jetzt auf keinen Fall die Nerven verlieren und aus der Haut fahren. Johansen war gefährlich. Sie musste sich diesen unsympathischen Kerl gewogen halten. Er musste unbedingt den Mund halten. Sonst würde sie ihr Ziel nicht erreichen: Endlich wieder die einzige und wichtigste Frau in Martins Herzen zu sein. Wenn diese Sache aufflog, dann war sie hundertprozentig unten durch bei ihrem Bruder. Das würde er ihr niemals verzeihen, das war klar. Es ging kein Weg drum herum. Sonja biss in den sauren Apfel. „Sie sind ganz schön neugierig, aber ich werde es Ihnen erklären. „Flo vermisst durch die Amnesie niemanden und für meine Familie ist es das Beste, wenn sie in der Versenkung verschwindet." Sie sah Johansens skeptischen Blick. „Martin wird sich schon irgendwann damit abfinden, dass Flo nicht mehr aufgetaucht ist." Sie zuckte mit den Schultern. Für sie war das Thema damit beendet.

Für Johansen war es das durchaus nicht. Er witterte eine Chance für sich. Bei dieser Geschichte konnte etwas für ihn herausspringen. „Und Sie glauben, ich spiele da so einfach mit?"

Sonja verstand. Das war eine Sprache, die sie kannte. Ohne Zögern zückte sie ihr Scheckhaft. „Wie viel wollen Sie?"

Johansen lächelte zufrieden. Er hatte sich nicht getäuscht in Sonja. Sie war ein Mensch, der keine Skrupel kannte – und eine knallharte Geschäftsfrau war sie obendrein. Doch jetzt war er am Zuge und er kannte seinen

Wert. „Ich bräuchte ein neues Flugzeug. Das alte ist nur noch Schrott."

„Also, wieviel?" Sonja begann ungeduldig zu werden. Wie lange musste sie noch hier herumstehen und feilschen?

Johansen brauchte nicht lange nachzudenken. „Für Fünfzigtausend schwebe ich wieder über den Wolken und bin der schweigsamste Mensch unter der Sonne." Er grinste breit. „Dollar, versteht sich."

„Versteht sich." Sonja füllte den Scheck aus und unterschrieb. Dann reichte sie ihn Johansen.

Er griff zu und ließ ihn in der Hosentasche verschwinden. Dann schwang er sich hinter das Lenkrad des Geländewagens. „Worauf warten Sie noch? Es kann losgehen."

Sonja stieg ein und sie brausten davon. Keiner von beiden sprach noch ein Wort.

Im Hotel saßen Martin und Xenia derweil schweigend beieinander. Immer wieder brachte Xenia Tee. Doch Martin ließ ihn stehen – er konnte einfach nichts trinken, während Flo vielleicht gerade verdurstete. Von Sonja und Johansen hatten sie nichts mehr gehört. Was bedeutete das? Hatten die beiden eine Spur gefunden? Aber warum hatten sie sich dann nicht über Funk gemeldet? Sie wussten doch, wie dringend Xenia und er auf eine Nachricht warteten. Martin war nur noch ein Schatten seiner selbst und Xenia machte sich große Sorgen um ihn. Er aß nichts, schlief kaum und sprach fast kein Wort. Die meiste Zeit hing er dumpf seinen trübsinnigen Gedanken nach. Xenia hatte das Gefühl, ihn gar nicht mehr richtig erreichen zu können. Zu ihr war er zwar freundlich, aber kühl, seit sie zugegeben hatte, dass sie nicht mehr daran glaubte, dass Flo lebte. Sie ertrug dies schweren Herzens, weil sie wusste, wie sehr er litt. Martin konnte eben im Moment nicht anders. Sie setzte sich neben ihn und wartete. Etwas anderes konnten sie beide im Moment nicht tun.

Xenia wusste nicht, wie lange sie dort so gesessen hatten, als Sonja und Johansen das Foyer des Hotels betraten. Endlich waren sie da! Xenia atmete erleichtert auf und auch Martins Lebensgeister schienen wieder zu erwachen.

Sonja und Johansen kamen direkt auf die beiden zu. Erschüttert blieb Sonja vor ihrem Bruder stehen.

Er sah einfach schrecklich aus. So aufgelöst hatte sie ihn noch niemals zuvor gesehen.

Johansen beobachtete sie gespannt. Würde sie es fertig bringen, ihrem Bruder jetzt die niederschmetternde Nachricht von Flos angeblichem Tod vorzulügen? Wie weit würde diese Frau wohl gehen, um ihr Ziel zu erreichen? Johansen konnte nicht leugnen, dass sie mit ihrer Kälte und Berechnung einen gewissen Reiz auf ihn ausübte. In dieser Hinsicht schienen sie beide sich ähnlich zu sein.

Hoffnungsvoll blickte Martin seine Schwester an und wischte sich schnell ein paar Tränen aus den Augen. „Sag mir bitte nicht, dass du schlechte Nachrichten für mich hast."

Sonja schluckte. So schwer hatte sie es sich nicht vorgestellt. Sie holte tief Luft. „Es gibt keine Neuigkeiten. Wir haben den ganzen Bezirk abgesucht."

Martin sackte in sich zusammen. „Aber sie kann doch nicht einfach vom Erdboden verschwunden sein."

Zaghaft legte Sonja ihm die Hand auf den Arm. „Es tut mir Leid. Ich habe mir so gewünscht, dir etwas Positives mitteilen zu können. Aber ich fürchte, wir müssen uns mit dem Gedanken abfinden, dass …"

Martin fuhr auf. „Sie ist nicht tot, das spüre ich."

Liebevoll strich Sonja ihm über die Wange, doch in die Augen schauen konnte sie ihm nicht. „Ich wollte es bisher auch nicht glauben, aber wahrscheinlich hat Xenia Recht. Es macht keinen Sinn weiter zu suchen."

„Macht was ihr wollt. Ich gebe nicht auf." Martin stand entschlossen auf und eilte auf sein Zimmer.

„Es ist besser, wenn ich ihn begleite." Xenia sprang ebenfalls auf und lief ihm hinterher.

Sonja nickte nachdenklich. Sie gesellte sich zu Johansen, der sich an die Bar gestellt hatte und bereits an einem Whisky nippte. Provozierend blickte er Sonja direkt in die Augen. „Na, – Skrupel? Nur zu ihrer Information: Wenn Sie sich doch noch entschließen, ihrem Bruder die Wahrheit zu sagen – die Fünfzigtausend behalte ich trotzdem."

„Für wie blöd halten sie mich?"

Johansen lachte spöttisch. „Sie waren doch kurz davor, oder nicht?" Wenn es um ihren Bruder ging, dann war die holde Eisprinzessin wohl doch nicht so cool wie sie immer tat.

„Ach was", Sonja winkte ungeduldig ab. Dieser neunmalkluge Typ ging ihr zunehmend auf die Nerven. Viel wichtiger war jetzt, dass sie Martin dazu bewegen konnte, die Suche aufzugeben. Das war keine leichte Aufgabe, denn wenn sich Martin etwas in den Kopf gesetzt hatte, war er nur schwer davon abzubringen. Egal, wie aussichtslos das Unterfangen auch sein mochte. Wenn es der Zufall wollte, lief er Flo womöglich doch noch über den Weg! Martin war zuzutrauen, dass es ihn nicht einmal abschrecken würde, dass die inzwischen zur Kameltreiberin geworden war. Es gab nur eine Möglichkeit: Sonja musste einen Beweis für Flos Tod herbeizaubern. Die ganze Sache musste schnell gehen und durfte nicht zu aufwändig sein.

Ein abgekartetes Spiel

Traurig starrte Flo auf die Sachen, die sie bei dem Absturz angehabt hatte. Sie waren ein Relikt aus einer Zeit, die es nach allem, was sie gehört hatte, nicht mehr geben durfte. Von diesen Kleidern würde sie sich verabschieden müssen, wenn sie bei den Beduinen blieb.

Siali und Selim betraten das Zelt und Flo schrak aus ihren Gedanken auf. Die beiden lächelten sie an. „Ist alles in Ordnung?"

Flo nickte eilig, denn die beiden Beduinen hatten sich nun wirklich schon genügend Sorgen um sie gemacht.

Doch sie waren nicht nur ins Zelt gekommen, um nachzusehen, wie es ihr ging. Sie mussten etwas mit ihr besprechen. Mit sanftem Druck zog Siali sie zu der Ecke hinüber, in der die Kissen lagen. Beide setzten sich hin. Und auch Selim folgte ihnen, er blickte Flo ernst an. „Wir möchten bald weiterziehen. Hast du dich schon entschieden?"

Natürlich hatte Flo gewusst, dass dieser Augenblick bald kommen würde, schließlich hielt sie die beiden schon lange genug davon ab, ihrer Karawane zu folgen. Trotzdem wusste sie nicht, was sie antworten sollte. Sie hatte Angst davor, eine Entscheidung zu treffen, denn sie wusste, wenn der Schritt erst mal getan war, dann gab es keinen Weg mehr zurück. Ratlos zuckte Flo die Schultern.

„Siali und mir machst du eine Freude, wenn du bei uns bleibst. Du bist unser Gast, so lange du willst." Selim lächelte ihr aufmunternd zu und auch Siali nickte zustimmend.

„Danke. Ich fühle mich wirklich wohl bei euch. Und nach allem, was Sonja erzählt hat …" Sie stockte, alleine der Gedanke daran ließ sie erschauern, doch sie gab sich Mühe tapfer zu sein und sich nichts anmerken zu lassen. „Wenn ich im Moment irgendwo sicher bin, dann hier. Ihr seid meine einzigen Freunde. Ich werde nie vergessen, was ihr für mich getan habt. Und wenn es euch wirklich nichts ausmacht, bleibe ich – zumindest so lange, bis ich mich wieder an etwas erinnern kann." Was hatte sie schließlich auch für eine Wahl. Selim und Siali waren wie Geschwister zu ihr gewesen und hatten rührend für sie gesorgt. Dort draußen in der Welt jenseits der Wüste gab es wahrscheinlich niemanden, der auf sie wartete – außer Martin, der ihr angeblich nach dem Leben trachtete. Flo zog den Beduinenmantel, den sie trug, fester um sich. Die Entscheidung war gefallen. Auch wenn es nicht leicht war, ein neues Leben zu beginnen ohne zu wissen, was vorher gewesen war.

Inzwischen hatte Sonja lange genug nachgedacht. Ihr war eine vorzügliche Idee gekommen. Martin musste ein sichtbares Zeichen dafür geliefert werden, dass Flo tot war. Erst wenn er es mit eigenen Augen gesehen hatte, würde er mit seiner verbissenen Suche aufhören. Johansen sollte ihr helfen, die Aktion durchzuführen. Immerhin hatte er genug Geld bekommen. Jetzt war sie noch einmal mit ihm in die Wüste gefahren, während Martin und Xenia mit einem anderen Wagen unterwegs waren. Angeblich wollte auch Sonja weiter nach Flo suchen. Doch in Wirklichkeit hatte sie etwa ganz anderes vor … Dafür allerdings mussten sie zu Flo und den beiden Beduinen fahren.

Gerade noch rechtzeitig kamen sie dort an. Ohne die Hilfe der Mauretanier würde es sicher nicht gelingen, Martin zu überzeugen. Sie sollten ihm den Beweis eigenhändig übergeben – Flos Amulett, das jetzt noch in Sonjas Tasche lag. Offenbar waren Selim und Siali gerade dabei aufzubrechen. Und zu Sonjas Genugtuung schien Flo sich entschlossen zu haben, mitzugehen. Das kam Sonjas Plänen sehr entgegen. Sie weihte die beiden Beduinen und Flo kurz in ihren Plan ein. Natürlich tat sie so, als ginge es ihr nur darum, Flos Leben zu retten. Sie erklärte ihr, dass Martin erst dann Ruhe geben werde, wenn er sicher sei, dass sie tot war. Dafür brauche er einen Beweis, den sie ihm liefern sollten – wenn Flo ihnen dabei half.

Nah beim Zelt errichtete Sonja zusammen mit Johansen eine kleine Steinpyramide und stellte eine Urne davor. Hier sollte Flos angeblich letzte Ruhestätte sein. Jetzt brauchten sie nur noch Martin anzufunken, damit er, der mit Xenia einen anderen Teil der Wüste absuchte, hierher kam. Alles war vorbereitet, Martin konnte kommen. Flo sollte während der ganzen Zeit unbedingt im Zelt bleiben und dort auf jeden Fall auch bleiben. Das war ein Risiko. Doch Flo glaubte Sonja offenbar genug, um Angst vor Martin zu haben.

Es dauerte nicht lange und sie sahen den Geländewagen heranpreschen, mit dem Xenia und Martin unterwegs waren. Sonja wappnete sich für eine schauspielerische

Höchstleistung, denn natürlich würde sie Martin die mitfühlende, trauernde Schwester vorspielen.

Martin stieg aus dem Wagen aus und rannte auf sie zu. „Und? Was gibt es? Was ist los?"

„Versprich mir, dass du ganz ruhig bleibst." Sonja nahm ihn in den Arm, doch Martin machte sich los und schaute sich suchend um. „Jetzt sag sofort, was los ist, verdammt noch mal."

Xenia, die nicht so schnell aus dem Auto gekommen war wie Martin, hatte die anderen nun auch erreicht.

Jetzt war Sonjas großer Augenblick gekommen. Sie warf ihrem Bruder einen betont mitleidsvollen Blick zu. „Es tut mir Leid, aber die Beduinen haben Flo tot in der Wüste gefunden. Sie haben sie verbrannt und in einer Urne bestattet."

Fassungslos starrten Martin und Xenia sie an. Aus Martins Gesicht war jede Farbe gewichen. Als sein Blick dann auf das Grabmahl fiel, war es ganz um ihn geschehen. Er lief zu den aufgeschichteten Steinen, die dort lagen und brach weinend zusammen. „Das ist nicht wahr! Du lügst, sag mir, dass du lügst."

Sonja war erschüttert. Aber nicht, weil sie Martins Qualen mit ansehen musste, sondern weil er sie der Lüge bezichtigte. Sie hatte nicht geglaubt, dass ihm dieser Gedanke überhaupt kommen würde – aber wahrscheinlich war es nur die Verzweiflung, die ihn solche Dinge sagen ließ. Sie musste sich bestimmt keine Sorgen machen, dass er etwas merkte und der Schwindel auflog. Schließlich hatte sie ja noch einen Joker im Ärmel, den sie jetzt ins Spiel bringen würde.

Sie gab Siali, die zusammen mit ihrem Mann ein Stück-

136

chen entfernt stand, ein Zeichen und die Frau ging auf Martin zu. In der Hand hielt sie Flos Amulett.

Sonjas Erklärung war vollkommen überflüssig, weil ihr Bruder kaum mitbekam, was sie sagte. Wie gebannt starrte er auf das Schmuckstück in der Hand der Beduinenfrau. Trotzdem plapperte Sonja weiter drauflos. „Ich weiß, es ist schrecklich, aber … Das hier haben sie bei ihr gefunden."

Martins Augen weiteten sich. Er griff nach dem Schmuckstück. Dann brach alles über ihm zusammen. Die Anstrengung der letzten Tage, die Nervenbelastung und die Hitze, all das forderte nun seinen Tribut. Martin sackte in sich zusammen, er stammelte unverständliche Worte vor sich hin und stieß wimmernde Laute aus.

Auch Xenia war schockiert. Sie war zunächst skeptisch gewesen – wie immer, wenn Sonja irgend etwas behauptete. Aber gegen diesen traurigen Beweis konnte man sich nicht wehren. Es war ganz eindeutig: Flo war tot! Und dies hier war ihre letzte Ruhestätte. Xenia kniete erschüttert neben den Steinen nieder und berührte sie zärtlich. Immer würde sie ihre Kusine Flo vermissen und sie niemals vergessen. Das schwor sie in diesem Augenblick. Dann sammelte sie sich und stand auf, um sich um Martin zu kümmern. Er brauchte sie jetzt … das war schließlich alles, was sie noch für ihn tun konnte. Flo hätte sicher gewollt, dass Xenia Martin über den schlimmsten Schmerz hinweghalf, und das würde sie auch tun. Sie ging zu ihm und strich ihm über die Haare. Aber er schien es gar nicht zu bemerken. Es brach Xenia fast das Herz, ihn so zu sehen. Sanft tippte sie ihm auf die Schulter. „Komm, lass uns gehen, Martin. Ich halte das nicht mehr aus."

Eigentlich wollte Sonja gerade aufatmen, weil alles so

gut gelaufen war, als sie aus den Augenwinkeln Flo bemerkte, die neugierig aus dem Zelt herauslugte. Zum Glück waren Xenia und Martin im Moment ja ziemlich mit sich selbst beschäftigt und achteten nicht weiter auf Sonja. Mit einem Satz war sie bei Flo und zog sie mit sich in das Zelt. „Bist du völlig verrückt geworden", zischte sie böse.

„Ich möchte ihn sehen." Flos Stimme klang fest und bestimmt.

So viel Willenskraft hatte Sonja der kranken Flo gar nicht mehr zugetraut. Doch offenbar hatte sie sie unterschätzt. Flo hatte ja schon immer die verrücktesten Ideen gehabt. Das war eine der Eigenschaften, die Sonja an ihr hasste. Sie schluckte. „Aber du riskierst dein Leben!" Hatte Flo denn alles vergessen, was sie ihr erzählt hatte?

„Aber er weint um mich." Da war sie wieder, die alte, eigensinnige Flo. Dieser Mann tat ihr Leid. Sie konnte sich zwar nicht an ihn erinnern, aber seine Trauer rührte sie. Wer so um einen Menschen weinte, der konnte nicht böse sein und schon gar nicht den Tod dieses Menschen gewünscht haben. „Warum tut er das, wenn er mich umbringen wollte? Möglicherweise hat er alles schon längst bereut." Ein kleiner Funken Hoffnung stieg in Flo auf. Vielleicht gab es für sie doch noch einen Weg zurück in ihr altes Leben.

„Der tut nur so. Glaube mir. Mein Bruder ist unberechenbar." Sonja war mit ihren Nerven am Ende. Würde Flo, so kurz vor dem Erfolg ihres Plans, alles kaputt machen, was sie sich so schön ausgedacht hatte? Das durfte einfach nicht passieren. Sie umklammerte Flos Handgelenke, um sie zurückzuhalten, doch die ließ sich nicht beirren.

„Das ist mir egal. Ich möchte mich diesem Mann Auge in Auge gegenüberstellen."

Fieberhaft grübelte Sonja, was sie Flo erzählen konnte, um sie von diesem idiotischen Gedanken abzubringen. Dann kam ihr die rettende Idee. „Hast du die Frau neben ihm gesehen?"

Flo nickte.

„Was glaubst du, wer sie ist?"

Wie nicht anders zu erwarten, zuckte Flo ratlos die Schultern.

Für Sonja war dies das Zeichen, um zum entscheidenden Schlag auszuholen. „Sie ist seine Geliebte und ahnt nicht, dass er dich um die Ecke bringen wollte. Für sie spielt er den trauernden Ehemann." Sonja war stolz auf sich, dass ihr dieses Schauermärchen eingefallen war und Flo schien im Moment ja einfach alles zu glauben.

Einen Augenblick lang dachte Flo nach. Wahrscheinlich war es wirklich eine dumme Idee gewesen, auf den jungen Mann zugehen zu wollen, auch wenn sie ihn eigentlich ganz sympathisch fand. Er wirkte so gefühlvoll, fast vertrauenerweckend. Wie sehr man sich irren konnte. Wahrscheinlich war ihre Kopfverletzung daran schuld. Sie schlug die Eingangsplane des Zelts einen Spalt weit zurück, warf noch einen letzten traurigen Blick auf ihn, dann drehte sie sich um. Sie hatte das undeutliche Gefühl, gerade einen großen Fehler zu begehen, aber sie konnte nicht sagen, warum. Es war wohl das Vernünftigste, sich diesem Mann nicht zu zeigen.

Auf keinen Fall wollte Sonja weitere Komplikationen riskieren. Sie verließ das Zelt und ging rasch wieder zu Martin und Xenia hinüber, die noch immer das angebliche Grabmal anstarrten.

Xenia taumelte ein bisschen, versuchte es sich aber nicht

anmerken zu lassen. Martin entging es trotzdem nicht und er musterte sie besorgt. „Du solltest aus der Sonne und dich ausruhen. Vielleicht kannst du dich ja im Zelt einen Moment hinlegen."

„Nein, das geht nicht." Sonja zuckte zusammen. Schon wieder musste sie schnell eine Notlüge hervorzaubern. „Dort wird gerade gebetet." Etwas Besseres war ihr im Moment nicht eingefallen. „Aber sie kann es sich doch im Jeep bequem machen. Außerdem ist es besser, wenn wir jetzt fahren."

Martin nickte kurz und erhob sich dann schwerfällig. Wie sollte er nur ohne Flo weiterleben? Allein schon der Gedanke daran war ihm unerträglich. Er hatte sich so darauf gefreut, sie zu heiraten. Die Hochzeit sollte nicht nur der schönste Tag in ihrem bisherigen Leben werden – sie sollte auch der Beginn einer langen und glücklichen Zukunft sein. Doch eine Zukunft gab es für ihn jetzt nicht mehr.

Ich werde dich immer lieben, Flo

Martin war sehr froh gewesen, als er endlich in seinem Zimmer saß und alleine war – alleine mit sich und seinen Erinnerungen an Flo. Sie war ihm noch so nah, er konnte nicht glauben, dass sie nicht mehr lebte. Er liebte sie doch so sehr. Wieso hatte er es nicht gespürt, als sie starb – ein Stechen im Herzen – irgend etwas eben? Ab sofort würde nichts mehr so sein, wie es einmal gewesen war. Martin schlug die Hände vors Gesicht und begann hemmungslos zu weinen. Warum nur hatte er nicht verhindern können, dass das geschah? Vielleicht wäre alles ganz anders gekommen, wenn er zusammen mit Flo geflogen wäre. Er machte sich zermürbende Vorwürfe, dass er sie allein gelassen hatte. Es hätten nur ein paar Tage sein sollen, bis sie sich wieder sahen und nun war sie von ihm gegangen – für immer.

Martin holte das Amulett hervor, das Flo getragen hatte, als sie gestorben war. Er hatte es ihr kurz vor ihrer Abreise geschenkt. Ein Symbol ihrer beider Liebe sollte es sein und Flo Glück bringen. Martin strich zärtlich über das schimmernde Silber. Sie hatte sich so gefreut, als er ihr das Schmuckstück gegeben hatte. „Damit bist du immer bei mir", hatte sie gesagt. „Wenn ich dich vermisse, nehme ich mein Amulett, drücke es ganz fest und denke an dich." Martin schluchzte laut auf. Ob sie das Amulett auch in den

Händen gehalten hatte, als sie mit dem Flugzeug in das Unwetter geraten war? Und er war weit weg gewesen, als sie ihn am meisten gebraucht hatte. Er hatte ihr nicht helfen können. Jetzt saß er hier in einem Hotel mitten in der Wüste und zu allem Überfluss auch noch in dem Zimmer, in dem Flo gewohnt hatte.

In den ersten Tagen hatte er die Gegenwart ihrer Sachen im Zimmer als angenehm empfunden – das war nun vorbei. Es machte ihn wahnsinnig, den Geruch ihres Parfüms noch in ihren Kleidern riechen zu können, während sie weg war, unerreichbar, gegangen für immer. Niemals wieder würde er einen anderen Menschen so lieben.

Als es an seiner Zimmertür klopfte, zuckte Martin zusammen. Eilig wischte er sich die Augen. „Herein!"

Sonja betrat das Zimmer. Sie wirkte sehr ernst. „Xenia hat Flos Eltern informiert. Sie versucht jetzt etwas zu schlafen." Sonja setzte sich neben Martin aufs Bett und betrachtete ihn mitfühlend. „Vielleicht solltest du das auch versuchen." Sie nahm seine Hände in ihre und drückte sie. „Martin, ich bin immer für dich da. Wenn du dich in der nächsten Zeit einsam fühlst oder Kummer hast, du kannst jederzeit zu mir kommen." Es tat ihr weh, ihren Bruder in diesem Zustand zu sehen. Ganz tief in ihrem Inneren regte sich so etwas wie ein schlechtes Gewissen. Schließlich war sie alles andere als unschuldig daran, dass es ihm so schlecht ging. Das Ausmaß seiner Trauer erschütterte sie nun doch. Aber genau das war es, was sie sich zunutze machen musste, um ihn wieder für sich zu gewinnen.

„Ich habe geahnt, dass etwas passieren würde. Dieser Traum, den ich vor Flos Abreise hatte, war eine Vorwarnung."

„Quäle dich doch nicht so." Sonjas Stimme klang sehr sanft. „Soll ich dir helfen, ihre Sachen zusammenzupacken? Du weißt, morgen früh geht unser Flug."

Mechanisch stand Martin auf, nahm Flos Koffer, legte ihn aufs Bett und ließ ihn aufschnappen. Aus einer Seitentasche im Inneren ragte ein Stück Papier hervor, das Martins Aufmerksamkeit erregte. Es schien ein wichtiges Dokument zu sein, vorsichtig zog er es hervor und betrachtete es. „Das ist ja ein Fax vom Standesamt." Er überflog ein paar Zeilen und las dann laut vor. „Damit spricht von unserer Seite nichts gegen eine Eheschließung mit Ihrem Verlobten in Mauretanien. Wenn Sie die nötigen Unterlagen beibringen, kann die Ehe in Deutschland problemlos anerkannt werden." Martin ließ das Papier sinken. „Das wusste ich nicht", flüsterte er.

Sonja tat ahnungslos. „Was bedeutet das?"

„Flo wollte hier heiraten. Es sollte eine Überraschung sein." Martins Hand, mit der er noch immer das Stück Papier umklammert hielt, begann zu zittern. Wie gerne hätte er ihr diesen Wunsch erfüllt. Nun war es um seine Beherrschung vollends geschehen. Er bat Sonja, ihn alleine zu lassen. Schmerz und Trauer überwältigten ihn, er konnte nicht mehr aufhören zu weinen.

Endlich würden sie dieses Land, das ihnen so viel Unglück gebracht hatte, verlassen. Alle Taschen und Koffer waren bereits in Johansens Geländewagen verstaut. Er würde sie zum Flughafen bringen. Vorher jedoch nahm er an der Theke des Foyers noch einen kleinen Drink. Das war zwar nicht ganz zulässig, gehörte aber zu seinen schlechten Angewohnheiten und seinen liebsten Sünden.

Sonja gesellte sich zu ihm. Es war besser, sie schaute ihm ein bisschen auf die Finger, schließlich wollten sie ja alle wohlbehalten am Flughafen ankommen.

Johansen grinste anzüglich, als sie sich neben ihn stellte. „Und sie wollen ihren Bruder wirklich in dem Glauben lassen, Frau Spira sei tot?"

„Was glauben Sie eigentlich, warum ich Ihnen so viel Geld bezahlt habe?" Drohend funkelte Sonja ihn an. „Stellen Sie hier keine dummen Fragen. Haben Sie verstanden?"

Gleichgültig zuckte er die Achsel.

Sonja war froh, als Martin endlich die Treppe runter kam – in der einen Hand seinen Koffer, in der anderen den von Flo. Sie ging sofort auf ihn zu, um ihm einen der beiden abzunehmen. „Mit der Rechnung ist schon alles geregelt." Sonja wollte alle lästigen Formalitäten in dieser schwierigen Situation von ihrem Bruder fern halten. Jetzt, wo Martin da war, konnten sie endlich zum Flughafen aufbrechen und dieses staubige, heiße Land für immer hinter sich lassen.

Sie setzten sich in den Geländewagen und fuhren los. Doch sie waren noch nicht weit gekommen, als Martin, der auf dem Beifahrersitz saß, bat anzuhalten. Johansen verstand zwar nicht, was los war, aber er tat, was Martin von ihm verlangte.

Martin hielt Flos magentafarbenen Schal in den Händen, den sie bei ihrer Abreise am Flughafen gekauft hatte und der ihr dann von der Schulter geweht war. Er hatte ihn nach Mauretanien mitgenommen, weil er gehofft hatte, ihr damit eine Freude zu machen. Als er seine Sachen für den Rückflug gepackt hatte, hatte er ihn schon in seinen Koffer gesteckt. Aber dann holte er ihn doch wieder hervor. Lange starrte er das Stückchen Stoff an. War es eine letzte Warnung gewesen, als er vor seinen Füßen gelandet war, ein Wink des Schicksals? Immer wieder war dieser Schal in seinen Träumen aufgetaucht, bis die Sorge um Flo ihn nicht mehr losgelassen hatte. Dieser Schal gehörte nach Mauretanien, denn für den Besuch hier hatte Flo ihn gekauft, hier wollte sie ihn tragen. Hier sollte er auch bleiben. Für Martin haftete diesem Stoffstreifen so viel Unglück an, dass er ihn nicht mit nach Hause nehmen wollte. Er hatte ihn damals aufgehoben und für sie verwahrt. Er wollte ihn ihr um den Hals legen, wenn sie sich wieder sahen – doch dann war alles ganz anders gekommen. Martin schluckte. Er hatte das Gefühl, als sei dies alles schon eine Ewigkeit her. Martin stieg aus dem Jeep. „Es dauert nicht lange. Ich bin gleich zurück."

Die anderen schauten ihn verwundert an, aber niemand sagte etwas. Es war offensichtlich, dass Martin nicht gestört werden wollte.

Er ging auf einen verdorrten Baum zu, der einzeln in der Wüste stand. Dort angekommen war, blieb Martin stehen und blickte gedankenverloren in die Ferne. Zärtlich strich er über den Stoff. Hier an dieser Stelle wollte er sich von Flo verabschieden. Ganz für sich alleine und ganz persönlich.

Er erinnerte sich noch so genau daran, wie es gewesen war, als sie sich kennen gelernt hatten. Zuerst hatte es ganz und gar nicht so ausgesehen, als könne aus ihnen ein Paar werden. Er hatte einen großen Fehler gemacht, als er sich damals von Sonja dazu überreden ließ, den Familienschmuck der di Montalbans zu stehlen. Doch dann hatte er alles rückgängig gemacht. Er hatte sich unsterblich in Flo verliebt. Doch sie wollte nichts mehr von ihm wissen, als sie herausfand, was er getan hatte. Zwischen ihnen hatte absolute Funkstille geherrscht.

Martin hatte sich in die Arbeit gestürzt, um sich abzulenken und um Flo zu vergessen. Aber es hatte nicht funktioniert, seine Gefühle für sie waren einfach zu stark. Er hatte wieder ihre Nähe gesucht. Es hatte eine Zeit lang gedauert, bis sie sich langsam wieder einander genähert hatten. Doch erst, als er ihr bewies, dass er mit seiner Vergangenheit als Juwelendieb abgeschlossen hatte, wurden auch bei Flo die verdrängten Gefühle wach. Sie liebte ihn noch immer und sagte im Prozess für ihn aus. So zeigte sie ihm in dieser schwierigen Situation, wie sehr sie ihn brauchte. Seither hatten sie jede Sekunde ihrer gemeinsamen Zeit genossen. Flo hatte immer an ihn geglaubt, hatte zu ihm gestanden, wenn er ihre Hilfe brauchte. Sie hatte ihm einfach ihr Herz geschenkt …

Mit niemandem konnte Martin so gut lachen wie mit ihr. Sie verstand seine Ängste und Nöte und manchmal hatte er fast das Gefühl, als könne sie seine Gedanken lesen. Flo hatte ihn stark gemacht. Gemeinsam hatten sie viel durchgestanden. Seither wussten sie, dass sie zusammengehörten und nichts mehr sie auseinander bringen konnte. Außer einer Sache, an die sie nicht einen einzigen Gedanken verschwendet hatten: Der Tod.

Wieder musste Martin gegen die aufsteigenden Tränen ankämpfen. Wenn all diese schrecklichen Dinge nicht geschehen wären, wären Flo und er jetzt Mann und Frau. Doch auch ohne die Trauungszeremonie würde er sich bis ans Ende seines Lebens mit ihr verbunden fühlen.

Martin gab sich einen Ruck und band den Schal an einen Ast des Baumes. „Ich werde dich immer lieben, Flo." Der Stoff flatterte im Wind. Martin wendete sich ab und ging langsam zurück zum Jeep. Am Horizont sah er drei Beduinen auf ihren Pferden, sie ritten der Sonne entgegen. Ihr Anblick faszinierte ihn, nahm ihn einen Augenblick gefangen, obwohl er nicht genau sagen konnte, woran das lag.

Gebrochene Herzen

Das Reiten fiel Flo noch schwer, aber es ging. Selim und Siali ritten extra langsam, damit Flo den Anschluss nicht verlor. Flo war ihnen dafür sehr dankbar. Denn sie wusste, dass die beiden so schnell wie möglich zur Karawane aufschließen wollten. Während des Ritts hatte Flo bisher ihren Gedanken nachgehangen und wenig gesprochen. Doch nun erregte etwas ihre Aufmerksamkeit. An einem verdorrten Baum hing ein Schal. Er war aus einem feinen Stoff in Magenta. Flo fühlte sich magisch von ihm angezogen. Sie ritt zu dem Baum, brachte ihr Pferd zum Stehen und stieg ab.

Siali hatte ebenfalls ihr Pferd angehalten und blickte Flo fragend an. Selim war noch ein paar Meter weiter geritten, doch nun wartete auch er.

Flo ging zu dem Ast mit dem Schal, strich mit der Hand über den Stoff und lächelte. Irgendwie tat ihr die Berührung gut. Beinahe automatisch löste sie ihn von dem Ast, band sich den Schal um und ging zu ihrem Pferd zurück.

„Das sieht sehr hübsch aus." Siali nickte Flo bewundernd zu. Wenn sich die junge Frau schon wieder für solche Dinge zu interessieren begann, dann war sie ohne Zweifel auf dem Weg der Besserung. Darüber freute sie sich von Herzen.

Flo kletterte auf ihr Pferd und lächelte verschmitzt. „Danke. Und jetzt möchte ich die grüne Oase sehen, von der du mir erzählt hast."

„Nun, einen halben Tag müssen wir schon noch reiten." Siali wunderte sich über Flos plötzliche Ungeduld. Sie schien wieder neuen Lebensmut gefunden zu haben und nicht mehr ununterbrochen über die Vergangenheit nachzugrübeln.

„Dann nichts wie los!" Flo hatte es auf einmal sehr eilig. Sie trieb ihr Pferd zum Galopp an, schien voller neuer Energie und Kraft zu stecken.

Siali und Selim folgten ihr verwundert in einigem Abstand, während Flo mit dem flatternden, magentafarbenen Schal um den Hals der Sonne entgegen ritt.

Inzwischen waren Xenia, Martin und Sonja nach Berlin zurückgekehrt. Die Ankunft in Deutschland war eine Qual. Besonders für Xenia, die nun in die Wohnung kam, in der sie zusammen mit Flo gelebt hatte. Alles dort erinnerte sie an ihre Kusine, an die gemeinsam verbrachte Zeit. Xenia wollte zumindest in den ersten Stunden nach ihrer Rückkehr dort nicht alleine sein. Natürlich erklärte Martin sich sofort bereit, sie zu begleiten. Aber Xenia hatte ihm in der ganzen letzten Zeit so verständnisvoll zur Seite gestanden, da wollte er sie jetzt nicht im Stich lassen.

Sonja ging noch ein Stück mit ihnen gemeinsam, doch dann wurde sie zusehends unruhiger. Auf keinen Fall wollte sie mit in diese Wohnung kommen. Von Xenias Gesellschaft hatte sie in den letzten Tagen weit mehr genossen als ihr recht war. Wenn Martin dabei war, hielt Xenia sich zwar meist mit spitzen Bemerkungen zurück, doch

Freundinnen würden sie zweifellos niemals werden. Martin selbst war im Moment nicht ansprechbar. Er war so sehr in seine Trauer versunken, dass er Sonja ohnehin nicht zuhören würde.

Ganz gegen ihre sonstige Gewohnheit wurde Sonja schon bald von heftigen Gewissensbissen gequält. Rastlos lief sie in ihrer Wohnung hin und her. Sicher, sie hatte die ganze Geschichte inszeniert. Sie hatte gewollt, dass Flo endlich aus ihrem und dem Leben ihres Bruders verschwand. Aber dass Martin so sehr leiden würde, das hatte sie nicht erwartet. Er schien jegliche Lebensfreude verloren zu haben, war abwesend und in sich gekehrt. Es gab nur einen Weg für Sonja, sich von den selbstquälerischen Vorwürfen zu befreien. Sie musste Martin die Wahrheit sagen, ihm beichten, dass Flo noch lebte – und dass sie ihn wissentlich und absichtlich angelogen hatte. Wenn er das erfuhr würde er sie sicherlich bis an sein Lebensende hassen. Das konnte Sonja ihm nicht mal verdenken.

Egal: Sie liebte Martin. Er war der einzige Mensch, den sie noch hatte. Und sie konnte es nicht ertragen, ihn zu verlieren. Jetzt war sie so weit gegangen, Flo und ihn auseinander zu bringen. Sonja konnte nicht mehr zurück.

Auch wenn es ihnen schwer fiel, irgendwie musste das Leben weitergehen. Xenia musste einen Weg finden, mit Flos Tod fertig zu werden. In den ersten Tagen nach der Rückkehr aus Mauretanien war sie wie erstarrt gewesen. Sie litt sehr darunter, dass Flo nicht mehr bei ihr war und fühlte sich einsam in der Wohnung. Doch so konnte es nicht weitergehen. Xenia wollte sich wieder wohl fühlen, ihr Leben neu anpacken – bestimmt hätte auch Flo das gewollt. Xenia wohnte jetzt alleine und sie musste das akzeptieren. Deshalb beschloss sie, Flos Sachen zusammenzupacken und wegzuräumen. Sie nahm sich dafür sehr viel Zeit. Es war ihre eigene Art, Abschied zu nehmen. Xenia holte einige Pappkartons aus dem Keller nach oben und begann. Bald herrschte in der Wohnung ein einziges Chaos.

Xenia war gerade mitten in der Arbeit, als sie hörte, wie sich ein Schlüssel im Türschloss drehte. Das konnte nur Martin sein! Sie freute sich, dass er wieder bei ihr vorbeischaute. In den letzten Tagen hatten sie sehr viel Zeit miteinander verbracht. Es tat gut, jemanden zu haben, der Flo mindestens ebenso sehr geliebt hatte wie sie selbst. Jemanden, mit dem sie reden konnte und bei dem sie sich ihrer Tränen nicht schämen musste.

Diesmal jedoch schaute sich Martin irritiert um. Er musste sich täuschen, das konnte doch nicht wahr sein.

Xenia winkte ihm über einen der Kartons gebeugt zu. „Martin, schön, dass du da bist. Geht es dir besser?"

Er nickte knapp, deutete dann auf die herumstehenden Sachen. „Was bedeuten die Kisten?"

„Ich halte es inmitten dieser ganzen Erinnerungen an Flo einfach nicht mehr aus." Xenia sah ihn an und fuhr sich durch die Haare. „Einen Teil der Sachen habe ich schon zum Roten Kreuz gegeben. Den Rest schicke ich ihren Eltern."

Entgeistert starrte Martin sie an. Es dauerte einen Moment, bis er wirklich begriff, was sie da gerade gesagt hatte. „Bist du wahnsinnig geworden?" Er konnte es nicht fassen. Xenia räumte Flo einfach aus ihrer Wohnung heraus – aus den Augen, aus dem Sinn. Martin war tief enttäuscht. Wie konnte Xenia so etwas nur tun? Das hätte er niemals von ihr gedacht. Er drehte sich auf dem Absatz um und verließ die Wohnung ohne ein weiteres Wort. Wütend knallte er die Tür hinter sich zu. Er bereute es, hierher gekommen zu sein, zu Xenia, die das Andenken an Flo offenbar so gering schätzte.

Traurig blickte Xenia ihm nach.

Jeder neue Tag war für Martin eine Qual. Morgens kam er nicht aus dem Bett, seine Arbeit machte ihm keinen Spaß mehr und Abends saß er in seinem Zimmer und starrte vor sich hin. Alles war so sinnlos geworden. Martin konnte sich über nichts mehr freuen, es erschien ihm fast wie Hohn, wenn er seine Freunde lachen hörte. Wie konnten sie das tun, wo Flo nicht mehr daran teilhaben konnte. Martin wurde immer stiller und zog sich zurück. Am liebsten war er allein und hing seinen Gedanken nach. Manchmal schien ihm Flo dann so nah zu sein, dass er mit ihr sprach. Doch die Erkenntnis, dass dies nur eine Täuschung seiner Sinne war, das Ergebnis seiner überreizten Nerven, war dann umso bitterer. Immer wieder holte er Flos Amulett hervor. Er hatte es ihr einmal als Zeichen seiner Liebe geschenkt und sie hatte es bis zuletzt getragen. Jetzt war es alles, was ihm noch von ihr geblieben war. Flo war die Liebe seines Lebens gewesen. Ohne sie würde nichts mehr so sein, wie es einmal gewesen war. Er würde sie niemals vergessen. Und es war vollkommen ausgeschlossen, dass jemals ein anderer Mensch ihren Platz einnehmen würde. Der Verlust, den er mit ihrem Tod erlitten hatte, hinterließ in seinem Leben eine Lücke, die nicht wieder zu füllen war.

Martin erinnerte sich noch gut daran, wie es gewesen war, als er und Flo geglaubt hatten, sie sei schwanger. Als sie eines Tages plötzlich und ohne Vorwarnung ohnmächtig geworden war, hatte er sich große Sorgen gemacht. Er hatte sie zu einem Arzt gebracht, der sie von Kopf bis Fuß untersuchte. Schließlich hatte er ihnen verkündet, Flo habe eine Gehirnerschütterung, da könne es schon mal vorkommen, dass der Kreislauf absacke, das sei nicht ungewöhnlich. Flo und er hatten sich angeschaut und waren beinahe enttäuscht gewesen. Eigentlich hätten sie sich gefreut, wenn der Arzt etwas anderes gesagt hätte und sie beide wirklich Nachwuchs erwartet hätten.

Martin schossen Tränen in die Augen. Wie schön wäre es gewesen, mit ihr ein Kind zu haben. Am liebsten ein kleines Mädchen, das genauso niedlich aussah, wie Flo selbst als Kind gewesen war. Dann wäre jetzt noch etwas von ihr hier bei ihm … Ein lebendiger kleiner Mensch, in dem sie weiterleben würde.

Martin war fest entschlossen, den Schmerz und die Trauer über den Verlust seiner großen Liebe wach zu halten. Er wollte nicht über diesen Verlust hinwegkommen, denn das hieße ja: über Flo hinweg zu kommen. Das würde er niemals fertig bringen. Er verstand nicht, wie Xenia so nüchtern damit umgehen konnte.

An dem Tag, als er Flo verloren hatte, war ein Teil von Martin mit ihr gegangen.

Allein das Amulett blieb eine Verbindung: Es erinnerte ihn an die glücklichste Zeit seines Lebens. Wenn er die Augen schloss und das Schmuckstück in seiner Hand hielt, hörte er Flos Stimme und ihr Lachen. Niemand konnte ihm das nehmen. In diesem Amulett steckte, ohne dass Martin das bewusst war, Hoffnung. Hoffnung auf ein Wiedersehen mit Flo …

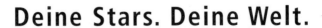

Hol dir die Lovetipps deiner GZSZ-Stars!

Kennst du das? Vor lauter Herzklopfen weißt du nicht, was du zu dem süßen Boy sagen kannst oder wie du dich verhalten sollst? Jetzt kein Problem mehr! Im neuen Buch „Herzklopfen – Lovetipps deiner GZSZ-Stars" erzählen dir deine Lieblinge von ihren Erfahrungen und verraten dir ihre besten Tipps rund ums Thema Liebe. Hier erfährst du alles aus erster Hand und wirst so Expertin in Sachen Flirten.

Deine Stars. Deine Welt.

Einfach traumhaft!

**Jetzt überall,
wo's Bücher gibt!**

Träume sagen mehr über dich aus, als du dir vorstellen kannst. Sie verraten dir deine geheimsten Wünsche, Ängste und Sehnsüchte. Du musst sie nur richtig zu deuten lernen.

Dein GZSZ-Traumbuch hilft dir dabei. Denn es enthält ein ausführliches Verzeichnis aller Traumsymbole. Besonders schöne oder rätselhafte Träume kannst du im Tagebuchteil festhalten. Und das Schloss sorgt dafür, dass deine Träume auch wirklich geheim bleiben.

Deine Stars. Deine Welt.